엄마의 이기적인 시간

엄마의 이기적인 시간

초 판 1쇄 2024년 01월 04일

지은이 박혜민, 장새라, 황미영, 김태리, 이선주, 김효선, 천주영
펴낸이 류종렬

펴낸곳 미다스북스
본부장 임종익
편집장 이다경
책임진행 김가영, 박유진, 윤가희, 이예나, 안채원, 김요섭, 임인영

등록 2001년 3월 21일 제2001-000040호
주소 서울시 마포구 양화로 133 서교타워 711호
전화 02) 322-7802~3
팩스 02) 6007-1845
블로그 http://blog.naver.com/midasbooks
전자주소 midasbooks@hanmail.net
페이스북 https://www.facebook.com/midasbooks425
인스타그램 https://www.instagram/midasbooks

ⓒ 박혜민, 장새라, 황미영, 김태리, 이선주, 김효선, 천주영, 미다스북스 2024, *Printed in Korea*.

ISBN 979-11-6910-435-7 03810

값 18,000원

미다스북스는 다음세대에게 필요한 지혜와 교양을 생각합니다.

꽃피우려 흔들리는 엄마들

엄마의 이기적인 시간

박혜민

장새라

황미영

김태리

이선주

김효선

천주영

미다스북스

'이기적'의 반의어는 '희생적'이다. '엄마'에게 사회가 요구하는 덕목은 '희생'에 가깝고 자기 자신만 생각하려야 할 수도 없는 엄마들이지만, 그럼에도 애써 이기적인 시간을 만든 7명의 엄마가 있다. 그들은 대단한 무엇이 되기 위해서가 아니라, 그저 나로 살기 위해서 자기만의 공간으로 나섰다. 그 용기에 박수를 보내고 싶다. 설사 어떤 누군가는 손가락질할지라도, 아이만큼은 이런 엄마를 통해 '나를 잃지 않고 삶을 사랑하는 법'을 배우리라 믿는다. 이 책이 주변 엄마에게 건강한 자극이 되기를 바란다.

– 『우리는 숲에서 살고 있습니다』, 『엄마의 첫 SNS』저자, 곽진영

"교수님 제가 지금 잘하고 있는 걸까요?"

참 많은 엄마들이 이러한 궁금증으로 물어올 때마다, 솔직히 궁금해서가 아니라 그 속내는 '잘하고 있으니 충분히 괜찮아'라는 응원을 듣고 싶어 한다는 것을 알면서도 나는 되짚어 묻습니다.
"어떤 것이 잘하는 건데요?"

이유는 간단합니다. 잘하고 못하고의 기준이 누구에 의해서가 아니라 본인이 선택해서 세운 기준에 의한 것임을 아는지 묻고 싶습니다. 당연히 주관적일 수밖에 없고 그러니 그것이 때론 흔들릴 때도 있죠. 그럴 때마다 뚝심 있게 믿으며 나아가는 상황에서 누구의 눈치 보지 않는 용기가 필요하고 스스로 기준에 대한 확신을 점검해야 합니다.
그런 의미에서 이 책이 반가웠습니다.

누군가의 '무엇'으로 사는 삶! 그것의 가치도 중요하지만 본인의 삶에 색을 얻어가며 자신의 이야기를 용기 내어 조곤조곤 해 나가는 7인의 행보가 든든했습니다. 누가 뭐래도 '나는 나를 믿는다'라고 하는 확고한 신념 아래 풀어놓은 색감이 다채롭고 단단하고 무엇보다 따뜻해서 좋았습니다. '나는 누구? 여긴 어디?'를 하염없이 되뇌이며 방황하는 무수한 누군가의 엄마에게 잘 전달되기를 바랍니다.

−『우는 법을 잃어버린 당신에게』 외 다수 저자, 한국그림책심리학회장 김영아 박사

수양대군이 15세기에 간행한 석가모니의 가계와 그 일대를 기록한 책, 『석보상절』에 따르면 '아름답다'에서 '아름'은 '나'를 뜻하는 말이라고 한다. 어원의 진위 여부를 떠나 나다운 것이 가장 아름다운 것이라는 이 해석에 어쩐지 마음이 갔다. 그런데 이 '나다움'에서 점점 멀어져 가는 이들이 있다. 엄마라면 모름지기 이래야 한다는 사회적 통념은 엄마들 스스로 나다움을 내려놓게끔 했다. 포기와 희생에 가까운 이러한 과정은 '모성'과 '좋은 엄마'라는 이름으로 그럴싸하게 포장되었다.

나 또한 엄마가 되기까지 제법 험난했던 여정 중 나 자신의 '모성'을 의심했던 적이 없었다. 그런데 이게 웬일인가? 의사소통이 되지 않는 아기와 보내는 시간은 내 어깨 위로 '무기력'이라는 조약돌을 쌓아갔고, 그 돌무더기가 쏟아질 듯 위태로워지자 난 아이를 밀쳐내고 내 마음을 먼저 움켜쥐었다. 그러고는 혹여 나만 이런가 싶어, 모성이 부족하고 좋은 엄마의 자질이 없는 걸까 싶어 속앓이를 했다.

세상 모든 것이 그렇듯 '모성' 또한 당연한 것이 아니고, 황무지에서 꽃이 피어날 수 없듯 황폐해진 엄마의 마음에서 사랑이 흘러넘칠 수 없다. 책에서 만난 그녀들의 '이기적인 시간'은 엄마 자신뿐만 아니라 가족 모두를 위해 꼭 필요함을 시원하게 선언해 주었다. 엄마의 '나다움'을 되찾기 위해 먼저 용기 낸 이들 덕분에 이제 우리는 '진짜 좋은 엄마'의 기준을 새롭게 정의할 수 있으리라.

－『글쓰기에 진심입니다』, 『지금 마음이 어떠세요?』 저자, 유미

세상 가장 이타적인 존재,
엄마의 이기적인 시간을 응원합니다

엄마가······ 됐다!

엄마가 이런 거였다니. '엄마'의 삶이 어떤지 미리 알려주면 모두 뒷걸음치고 도망갈까 일부러 안 알려준 게 분명했다. 극비리에 모두 한마음 한뜻으로 지구상에 인류의 유전자를 대대손손 남겨야 한다는 사명 하나로 대외비에 부친 게 분명하다. 나만 모르게···.

'관계자 외 출입 금지' 그 두터운 대외비의 벽을 뚫고 '관계자'가 되었다. 신이 모든 인간에게 닿을 수 없어 내려준 것이 '엄마'라고 할 정도로 신성시되는 그 존재에게 세상은 너무 각박했다. 신 급의 의무가 주어진다면 신 급의 권리 또한 주어져야 하는 것 아닌가. 이건 불공정 계약이다. '위대한 엄마', '숭고한 모성'…. 미안하지만 난 그리 위대하고 싶은 적도 숭고하고 싶은 적도 없었다.

위대하고 숭고한 '엄마'만 하기엔 나와 맞지 않았다. 크기의 문제가 아니다. 그저 그릇의 모양이 달랐을 뿐. 나는 그리 이타적이기만 할 수는 없는 인간이었다. 동그라미, 세모, 네모, 별. 너무나 다른 '여성'들을 '숭고한 모성'이라는 작은 틀 안에 끼워 넣는 일이 쉬울 리 없다. 삐질삐질 자꾸 각이 서고 옆구리가 튀어나오는 게 당연하다. 하나같이 개성 있는 모양을 그 좁은 틀에 끼워 넣으려니 탈이 나지 않고 배길까.

대부분의 엄마는 삐져나오는 각을 깎아내고 튀어나오는 옆구리를 밀어 넣으려 애를 쓴다. 때로는 억울하고 때로는 미안한 그 억울함과 피로함, 죄책감 사이 어디에선가 엄마는 길을 잃는다.

나는 딸아이의 엄마다. 딸이 하나가 아니라 어디 너덧 명 정도 더 있어도 좋겠다 싶을 만큼 아이로 인한 행복이 충만한 엄마다. 육아가 체질이라는 말을 들을 정도로 아이에게 많은 것을 할애하고 집중한다. 그럼에도 가끔은 고집스러울 정도로 내 시간을 영위한다. 그 시간이 있기에 더 많은 시간 오롯이 아이만 바라볼 수 있다고 감히 단언한다.

나 역시 각을 깎아내려 노력하고 옆구리를 밀어내며 울기도 했다. 이래도 저래도 잘 맞지 않아 이리 삐죽 저리 둥글, 튀어나온 대로 살기로 결심했다. "나, 엄마도 하고 나도 할 거야."라는 이상한 다짐 이후에 분명히 더 분주해졌지만, 오히려 편안해진 건 왜인지 모르겠다.

길을 잃은 엄마가 '나'를 찾는 과정은 아주 작은 것부터 시작이었다. 내가 먹을 것을 찾는 것, 나의 잠을 자는 것, 내 시간에 씻고 자유로이 화장실에 가는 것…. 뭐 그런 인간의 가장 기본적인 욕구를 충족시키는 것부터 시작해 작게 나의 공간을 만들고 나의 시간을 갖고 어느새 나의 꿈을 그리게 되었다.

세상 가장 이타적인 존재, '엄마'는 그렇게 일부러 '이기적인 시간'을 갖기 시작했다. 엄마의 이기적인 시간은 비단 나만을 위한 것만은 아니었다. 아이에게 '사람'의 본질, '여자 사람'의 삶을 알려주어야 하는 것까지가 '엄마'의 사명이라 생각하기 때문이다. 조건 없는 희생과 눈물, 배고픔. 그런 헝그리 정신은 지금 시대와는 너무나 동떨어진 이야기다. 알파세대를 키우는 엠제트 세대는 역시 달라야 한다. 엠제트 세대 엠의 끝자락을 맡은 꼰대이지만 용의 꼬리라고 해도 용은 용이다.

여러 모양을 가진 엄마들이 여기에 있다. 각기 다른 모양을 같은 틀에 끼워 넣으며 각자의 '탈'을 겪어낸 사람들이다. 진짜 이기적이지 못해 일부러 이기적인 시간을 고민해야 했던 여자들이다. 건강하게 그 시간을 견디고 나서야 무언가 깨달았다. '엄마'를 위한 시간이 결국 '우리'의 시간이라는 것을, 엄마의 꿈이 결국 우리의 미래, 아이의 미래가 되리라는 것을.

엄마의 이기적인 시간은 거창하지 않습니다.

당근에서 산 만 원짜리 책상 한 칸
출퇴근 시간의 버스 한자리
라테 한 잔의 짧은 찰나
잠꾸러기의 새벽 시간….

뭐 그런 사소하디사소한 시간이 쌓이고 모여 엄마를 단단하게 만듭니다. 단단해진 엄마는 결국 가족에게, 아이에게로 돌아가겠지요. 그리고 또 온 사랑을, 온 마음을 다 내어줄 겁니다.

'엄마'가 웃었으면 좋겠습니다.
세상 가장 이타적인 존재, '엄마'의 그 이기적인 시간을 응원합니다.

2023년 겨울, 김선이

목차 _

2장 엄마로만 살고 싶지 않아
장새라

3장 아이들과 함께 꿈을 키워가는 엄마
황미영

1장

선량한
이기심의 엄마

박혜민

가면이 벗겨지는 순간

"넌 정말 이기적이다. 어떻게 너만 생각하냐."

그가 던진 말이다.

쿵!! "내가 이기적이라고, 나처럼 헌신하고 희생하는 사람이 어디 있어서."라고 외치고 싶었지만 말을 삼켰다. 두 아이가 보고 있었고, 속마음을 내뱉는다면 계속될 다툼에 지쳐 목 끝까지 올라왔던 말을 부여잡았다.

'그래? 그럼, 이기적인 게 뭔지 제대로 보여줄게.'

나에게는 연년생 언니와 밑으로 다섯 살 아래 남동생이 있다. 아버지의 형님, 그러니깐 나의 큰아버지가 대를 잇기 위해 낳은 넷째는 하필이면 나와 같은 나이였다. 시골 할아버지 집에 가면 나와 나이가 같은 남자 사촌에게 꼬박꼬박 오빠라 부르며 자랐다. 〈응답하라 1988〉의 덕선을 보며 다른 사람이 웃을 때, 난 속으로 울었다. 덕선의 이야기가 곧 나의 이야기였기 때문이다.

　그런 나의 태몽은 호랑이였다. 첫째 딸을 낳고, 그다음은 아들이기를 원했던 엄마는 내가 딸이란 걸 알고 기절했다는 이야기를 수십 번 들으며 컸다. 호랑이 태몽은 아들이거나 효녀란다. 나는 아들은 아니니 효녀여야만 했다. 방황의 사춘기 시기를 보내기도 했지만, 교통사고로 뇌 병변 장애를 받은 아버지 병수발을 10년 들며 나도 철이 들었다. 그렇게 효녀로 살다 결혼하고는 효부의 삶을 구현하고 있다. 그런 나에게, 이기적이라고? 그게 말이야! 방귀야. 억지로 힘겹게 쓰고 있었던 나의 가면이 벗겨지는 순간이었다.

　나는 당장 나를 위해 돈을 썼다. 당근에서 큰 책상을 만 원에 사서, 거실 한중간에 두었다. 그전까지 아이들 책상 구석에서 책을 읽고, 글을 썼던 내가 제일 먼저 한 것은 나를 위한 공간을 만든 것이었다. 신랑이 투잡 뛴다고 산 노트북으로 글을 쓰고 있다.

내가 책을 읽으며, 독서 모임하는 것, 브런치와 블로그에 글을 쓰는 행위를 자기가 골프를 치는 취미랑 동일시하는 그이다. 나의 자기 계발 행위는 그저 취미활동이었고, 독서 모임은 그저 친목을 위한 계 모임이라 생각했다.

하지만 이제는 상관없다. 왜냐하면 나는 이기적으로 바뀌었기 때문이다. 신랑이 골프를 치고 들어오면, "이제 내 취미활동 시작할게!"라고 외치며 나의 공간에서 노트북을 펼친다. 이러한 행위를 통해 나의 공간, 나의 세상을 지킨다. 벌이와는 상관없는 강연도 신청해서 들으러 다닌다. 그동안 못 만났던 지인들도 만난다. 이제는 신랑의 눈치를 보며 밤늦게 독서 모임을 하지 않는다. 그가 필드를 나가면 나도 독서 모임에 나간다. 무료 모임뿐만이 아니라 유료 모임도 신청하며 나를 위해 투자한다.

그렇게 나의 이기적인 생활은 시작되었다.

사실 결혼하며 살았던 10년 동안 누구도 나에게 그런 생활을 강요하지 않았다. 결혼 전 친정 식구 누구도 나에게 그런 생활을 강요하지 않았다. 타국에서 공부하던 친정 언니는 내가 자리 잡고 나서부터 집에서 독립하라고 몇 번이고 이야기했었다. 아프신 아버지 옆에는 엄마가 있으니, 네가 굳이 그 역할을 자처하지 않아도 된다고 말이다.

하지만 나는 **착한 딸로 인정받고 싶었다. 효녀로 인정받고 싶었다.** 친정 엄마의 태몽이었던 호랑이 딸이 되어야 한다고 속으로 외치며 살았는지도 모르겠다. 그러한 사실을 의식하지 못한 채 그렇게 살아가고 있었다. **아무도 강요하지 않은 삶을 살면서 혼자 이타적인 삶을 살아가고 있다고 자부하며 그렇게 가면을 쓰고 살고 있었다.**

쓰기 싫은 가면을 억지로 쓰고 살아가던 나, 아니 가면을 쓰고 살고 있다는 것조차도 모르는 나였다. 그런 나의 가면을 신랑이 벗겨주었다. 가면 속에서 울고 있던 내가 이제 가면을 벗는다. "혜민아, 네가 원하는 것을 해도 괜찮아. 너를 지키는 것이지 타인을 해치는 것이 아니야." 가면을 벗은 내가, 가면을 벗기 전의 나에게 말했다.

②

이혼해도 된다

"너 이혼해도 되는데…. 진짜 이혼할 거야? 만약에 이혼한다면 도와줄
게."

"아니 이혼할 생각 없는데…."

아이 둘을 언니 집에 두고, 혼자 조용히 성당으로 가서 고해성사를 봤
다. 내가 무슨 죄를 고백했는지 기억나지 않지만, 집으로 돌아가 신랑의
밥을 차렸다. 그렇게 다툼이 있을 때마다 나는 조용히 성당에 가서 고해
성사를 봤다. 그저 나의 화를 눌렀다. 다람쥐 쳇바퀴를 돌듯이 이런 패턴
으로 살았다.

무료로 해주는 상담을 신청하고 상담을 받은 적이 있다. 그때 자연스럽게 나의 가정생활에 관한 이야기를 하게 되었다. "제가 이혼할 생각은 없는데요. 신랑과 너무 많이 다퉈서 어떻게 하면 안 다툴 수 있을까요?" 상담의 주제는 남편의 말에 상처받지 않고 나를 지키는 법이었다. 상담이 진행될수록 내가 너무 많은 것을 안고 살아가고 있음을 알게 되었다.

"이거 이혼 사유 되는 거 맞죠?"
"네, 이혼 사유가 되지요."
"그렇군요. 하지만 제가 이혼하지 않으려고요."

내가 타지로 4박 5일 출장에서 돌아온 다음 날, 신랑의 직장 동아리에서 봉사 공연이 있었다. 나는 동행하는 것이 아내의 역할인 것 같아, 힘들었지만 동행했다. 그는 봉사 공연을 떠나기 전 스크린 골프를 치고, 출발했다. 도착한 그곳은 모두 처음 보는 사람들이었고, 누가 신랑 직장 사람인지, 그 마을 현지인인지 구분이 되지 않았지만 나는 웃으면서 김치를 날랐다. 봉사 공연을 마치고 집으로 돌아온 후에, 그는 또 스크린 골프를 치러 갔다. 집으로 돌아온 그에게 한 마디 던졌다.

"좀 심한 거 아니야?"
"아니, 전혀 심하지 않아. 나는 부지런해서 이 모든 것을 할 수 있어.

너도 운동하러 나가. 친구 만나러 나가. 그럼 내가 집에 있을게. 우리 둘 다 집에 있을 필요 없잖아?"

그래 맞다. 신랑 말이 맞다. 온 가족이 모두 모여 함께 있는 것은 나의 이상이지. 그는 그런 모습을 꿈꾸지 않았을 수 있다. 그리고 그가 밖으로 나가듯 나도 나의 시간을 가져도 된다. 내가 결혼 생활을 위해 최선을 다해 노력했음에도 안 된다면 그만해도 되지 않을까? 엄마 아빠가 다투는 모습을 아이들에게 계속 보여주는 것보다는 그만하고, 평안하게 사는 것이 낫지 않을까?라고 생각했다.

나는 남편과 시부모님 그리고 아이들에게 좋은 아내, 좋은 며느리, 좋은 엄마가 되어야 한다고 생각했었다. 하지만 이제는 그 '좋은'이라는 수식어가 버거웠다. '좋은'에서 자유로워지고 싶었다.

나는 결혼하고 최선을 다해서 살림하고, 육아하고, 직장생활을 했지만, 남편에게 받은 것은 사랑과 인정이 아니라 비난과 질책이었다. 나는 지쳐가고 있었다. '그래, 이혼해도 된다.' 아이들에게 그러한 상황을 설명하고 이혼하더라도 너의 엄마, 너의 아빠는 변화하지 않는다고 이해시키자. '그래, 이혼해도 된다.'라고 속으로 되뇌니 한결 마음이 편해졌다.

결혼은 두 사람이 만들어 가는 것이지, 혼자서 일방적으로 노력해서 유지되는 결혼 생활이라면 내려놓을 수 있다. 그렇게 마음먹는 순간, 두 손에 꼭 쥐고 있던 나의 욕심과 집착을 내려놓을 수 있었다.

혹시 자기 혼자만의 아집으로 스스로를 힘들게 하고 있지는 않은가. 억지로 부여잡고 있는 생각을 내려놓을 때 우리는 자유로울 수 있다. **내려놓을 수 있는 용기를 낼 때 우리는 자유로울 수 있다.**

시간을 만들어 내는 마법

고백하건대 나는 매일 아침 새벽 기상을 하지 않는다. 아니 매일 하지 못한다. 컨디션이 좋은 날 새벽 기상을 했다면 그다음 날은 새벽에 눈이 떠져도 다시 억지로 자며, 컨디션을 조절한다.

나는 어린 시절부터 체력이 좋지 않았다. 어린 시절 튼튼한 체력을 가지고 싶었지만 약한 강도의 운동이나 격한 활동을 하면 몸살이 났다. 저질 체력은 어릴 적부터 지금까지도 진행형이다. 하지만 저질 체력의 소유자도 새벽 시간의 간절함은 있다. 새벽에 일어나서 어떠한 일을 해본 사람만이 안다. **아무도 일어나지 않은 것 같은 고요한 시간에 나 홀로 무엇을 할 때 영화의 스포트라이트를 온전히 혼자 받는 듯한 느낌이랄까?** 나를 위한 시간이 만들어지는 기적이 일어난다.

처음 새벽 시간을 알게 된 것은 『하버드 새벽 4시 반』을 통해서였다. 그리고 많은 자기 계발서에서 나오는 새벽 시간 이야기는 선망의 대상이 되었고, 김승호, 김미경 유명한 분들의 책에서 빠지지 않는 새벽 시간 이야기에 나도 새벽 기상을 하고 싶었다. 새벽 시간은 마치, 두꺼운 책 한 권 속에 숨어 있는 보석 같은 한 문장을 찾기 위해 책을 읽는 것과 비슷하다. 책 속에서 그 한 줄의 보물을 찾아본 사람만이 계속해서 다른 책을 읽어 내려가듯, 새벽 시간 역시 똑같다고 생각한다. 신은 아무에게나 이 귀한 것을 허락하지 않는다. 시간의 귀함을 아는 자에게만 허락되는 것이다.

"요즘 뭐 하고 지내?" 가볍게 묻는 안부에
"요즘 블로그에 매일 글을 써, 브런치 북도 만들었고, 그리고 항상 책 읽지."
"언제 그런 걸 다해? 너 일도 하잖아."
"매일은 아니지만, 간혹 새벽에 일어나면 가능해."

나는 나 자신을 자기계발러라 부르며, 꾸준히 계속한다. 잘하지는 못하지만, 꾸준히 계속한다. 그런 나는 시간이 항상 부족하다. 원 없이 책을 읽고 싶고, 만들어 놓은 영상을 업로드하고 싶고, 브런치 글들을 모아서 빨리 브런치 북을 더 만들고 싶지만, 나에게는 정말 시간이 없다.

만약, 이렇게 귀한 시간을 만들어 낼 수 있다면 이것은 기적이 아닐까? 그런 기적이 바로 새벽 기상이다.

하지만 시간을 만들어 내는 마법을 나는 매일 할 수는 없다. 매일 하고 싶지만, 매일 하면 탈이 난다. 나의 체력을 잘 알기에 새벽 시간을 활용하면 다음 날은 푹 잠을 자준다. 체력이 좋아져서 매일 시간을 만들어 낼 수 있는 날을 꿈꿔본다.

몇 년 전 새벽에 일어나서 유튜브를 듣고 있을 때 신랑이 내게 했던 말이다.

"넌 이기적이다. 자는 사람 생각도 안 하냐?"

맞다. 그렇게 나는 이기적으로 나만의 시간을 만들어 간다. 그리고 그 시간을 활용하면서 점점 더 이기적인 엄마가 되어 간다.

"엄마, 나랑 좀 더 자면 안 돼요?"

"엄마 소리에 잠이 깼구나. 미안해. 엄마가 지금 글을 쓰고 있어서 침대로 갈 수는 없어."

"엄마, 그거 밤에 하면 안 돼요?"

"안 돼요. 아들, 엄마 글 쓸 게 조금 더 자."

아침에 일어난 신랑이 퉁명스럽게, "아이 옆에서 좀 더 자고, 밤에 하면 안 돼?" 그 말에 받아치고 싶지만 속으로 이야기한다. '어떻게 밤 시간과 새벽 시간이 같을 수 있어?'

아무도 일어나지 않는 새벽 몰입의 힘은 강력하다. 나도 처음부터 새벽 시간에 몰입이 되었던 것은 아니다. 새벽 몰입은 3년 정도의 시간이 걸린 것 같다. 요즘 일주일에 하루 정도 새벽 시간을 만들어 낸다. 그러니 처음 한두 번 해보고 '나는 새벽형 인간은 아닌가 보다.' 생각하지 말기를. 그리고 꼭 매일 새벽 기상을 하지 않아도 된다. 일주일에 단 하루라도 이기적인 새벽 시간을 만들어 내는 기적을 발휘해 보면 어떨까.

이기적 엄마의 하루

내가 임신하고 제일 힘들었던 것은 아침을 챙겨 먹는 행위였다. 그러고 보니, 요즘 유행하고 있는 간헐적 단식을 내가 평생을 하고 있었던 것이다. 진수성찬으로 차려진 음식을 아침에 먹으라고 하는 것은 나에게는 정말 힘든 고행이다. 우리 아이들도 나를 닮아서 그런지 입이 짧다. 주말에 일어나서 "아침 먹고, 공부 좀 해."라고 하면 아이는 공부하라는 말보다 '아침 먹고.'라는 말에 투정을 부린다. 잘 먹지 않는 아이에게 아침밥을 차려주는 것은 정말 하기 싫은 일이다.

이기적인 엄마의 아침 식사가 시작되었다. 마트에서 큰 통 두 개를 사서, 식탁에 올려두었다.

"애들아. 아침 먹어야지."

"엄마, 식탁에 아무것도 없는데요?"

"왜 아무것도 없어, 저기 통에 시리얼 보이지, 냉장고 우유 꺼내서 먹어라."

시리얼 두 종류 사다 큰 통에 넣고, 냉장고 아이 손 닿는 곳에 우유를 둔다. 그리고 자기가 먹고 싶은 만큼 먹으라 한다. 이제는 아이들이 일어나서 스스로 아침을 먹는다. 한 번씩 간장 계란밥을 해줄 때도 있다.

이기적인 엄마의 시간은 퇴근 후에도 계속된다. 아이들은 학교에서 돌아와 학습기기를 통해 스스로 학습한다. 퇴근하고 돌아오는 엄마에게 확인시켜주고 각자 자기가 좋아하는 일을 한다. 이기적인 엄마는 사실 아이들의 공부보다 자신의 공부에 더 신경을 쓰고, 아이들의 독서보다 자신의 독서에 더 신경을 쓰고 있음을 고백한다. 나는 내 공부 열심히 하고, 내가 읽고 싶은 책 읽고, 운동하는 엄마의 모습을 아이들에게 보여준다.

"엄마는 왜 드라마 안 봐요?"

"그걸 왜 물을까?"

"아빠, 밤에 드라마를 보는데 엄마는 안 그래서요."

"아~ 사람마다 좋아하는 것이 다르잖아. 엄마는 책 읽고 글 쓰는 것이 좋아."

이기적인 시간은 주말에도 계속된다. 우리 가족은 캠핑하러 자주 간다. 캠핑장이란 한 공간에 아이들과 함께 있으며 각자 좋아하는 것을 한다. 나는 책을 읽거나 글을 쓴다. 아이들은 영화를 보거나 아빠와 보드게임을 한다. 신랑은 자기가 좋아하는 기타를 치기도 한다. 캠핑에서 먹는 음식은 항상 간단한 간편식이다. 가열만 하면 먹을 수 있는 일품요리, 구워만 먹으면 되는 고기를 사서 나는 정성스럽게 밥만 한다.

내가 잘할 수 있는 것과 잘할 수 없는 것을 명확히 알기에 나는 이기적으로 내가 잘할 수 있는 일에 집중한다. **아침마다 따뜻한 밥과 국을 차리는 엄마를 나는 버렸다.** 아니 나는 할 수 없다. 내가 할 수 없는 엄마의 모습이기 때문에 과감히 포기한다. 대신 스스로 먹을 것을 챙겨 먹을 수 있는 아이로 키우고 있다. 스스로 자기 일에 책임을 지는 아이로 키우고 있다. 계속해서 공부하고 성장하는 엄마의 모습을 보여주면서 그럼 누군가가 "드러낼 만한 특별한 성과물이 있어"라고 묻는다면, 아니 없다. 보여줄 수 있는 그렇다 할 성과물은 없다. 하지만 타인의 잣대가 아니라 자신의 만족을 위해 사는 모습을 몸소 보여주는 삶을 살아가고 있다.

하루는 너무 나만 생각하는 이기적인 엄마인 것 같아서 아이에게 물은 적이 있다.
"엄마, 직장 나가지 말고 집에 있을까?"
딸은 나를 안으며 말한다.

"나는 일하는 엄마가 좋은데, 열심히 사는 엄마가 좋은데."
나도 딸아이를 꼭 안아준다.

나는 요리 잘하는 엄마 대신 요리하는 시간에 아이들과 그 시간을 함께 보내기를 선택했다. 나는 나만의 방식으로 나의 사랑을 아이들에게 표현한다. 소풍 때 다른 아이들에게 도시락을 자랑할 수 없는 딸이지만 엄마만의 삶을 살아가고 있음을 우리 딸은 잘 안다.

그리고 나도 잘 안다. **이기적으로 보낸 나의 하루가 쌓여서 이기적이지 않은 나의 꿈이 이루어질 거라는 걸.**

선량한 이기심

내 이름으로 된 책 한 권 내고 싶어 휴직했다. 사유는 첫째 초등학교 입학이었다. 그때, 마침 코로나가 터졌다. 책 쓰기는커녕 집에서 밥만 했다. 그렇게 밥만 하다 휴직 기간이 끝났다. 다시 출근하기 위해 미용실을 찾았다. 오랜만에 본 미용실 원장님이 웃으시며 "이렇게 머리 안 하시면 우리 같은 사람들은 굶어 죽어요." 하셨다.

"진짜 오랜만이지요. 평소처럼 머리를 짧게 잘라주세요."

"조금만 더 길면 기부도 가능할 길이에요. 또 언제 이렇게 머리 길게 길러보시겠어요. 자르지 말고 예쁘게 염색하세요." 염색을 권하는 영업적인 말이었다.

"염색하면 머리 기부가 안 되잖아요?"

"요즘 염색 안 한 머리가 어디 있어요. 염색한 머리카락도 기부받아줘
요."

머리 기부를 생각한 적도 없었는데, 마치 머리 기부를 위해 그동안 머
리를 기른 사람처럼 이야기하고 있었다.

염색하고 복직하니 다들 주변에서 머리가 이쁘다며 안부 인사를 건넨
다. 수줍게 웃으며 "머리카락 기부하려고 기르고 있어요." 나는 나를 기
부하는 아주 이타적인 사람이라고 광고하고 있었다. 잘린 머리카락 길이
가 30㎝가 되었을 때 그것은 소아암 환우에게 보내졌다. 긴 머리를 기르
고 싶은 나의 욕구를 기부라는 아름다운 행위로 포장하고, 그 모습을 금
메달처럼 나의 SNS에 박제해 두었다.

다시 내가 머리를 길러서 기부하는 일이 있을까? 아마 없을 것 같다.
하지만 **이기적인 행위를 이타적인 모습으로 포장하는 행위는 자주 있을
것 같다. 하지만 이런 이기심이 나쁠까? 이런 선량한 이기심은 어쩌면 사
회를 바람직한 방향으로 이끄는 힘은 아닐지** 생각해 본다.

이기심이 이타심이 될 수 있을까? 나의 긴 머리가 소아암 환우들을 도
울 수 있었던 것처럼 어찌 보면 나를 위한 행동이 타인에게 도움이 될 수
있을 것 같다.

나는 고등학교 교사로 근무하고 있다. 2018년 학교에서 동영상 촬영 동아리를 맡게 되었다. 학기 말이 되었을 때 나는 유튜브 채널을 개설해서 영상을 하나 올렸다. 그리고 그 허접한 영상을 아이들에게 보여주면서 "애들아, 너희도 그동안 영상을 촬영한 것을 업로드해. 그 활동 생활기록부에 기록해 줄게." 그렇게 나의 유튜브는 시작되었다. 손발이 오그라드는 사투리 가득한 말로 내가 읽은 책을 영상으로 만들어 올렸다. 처음에는 육아서적을 읽고, 철학책을 읽기도 하고, 심리 책을 읽기도 했다.

그때 주변에서 물었다.

"이거 왜 해요? 책은 스스로 읽으면 되잖아. 굳이 이걸 왜 올려?"

"제가 다른 사람을 도울 수 있는 일이라서요."

나의 이기심이 또 이타심으로 포장한다. 유튜브 영상을 촬영하면 사실 내가 제일 좋다. 그 영상을 찍기 위해 열심히 책을 읽어야 하고, 영상을 편집하면서 또 책의 내용을 듣게 된다. 자연스럽게 3회독이 된다. 나의 이기적인 행동이다. 하지만 때로는 이 이기심이 다른 사람에게 도움이 되기도 한다.

"선생님 유튜브 들으면 잠이 잘 와요."

불면증 치료에라도 도움이 된다면 좋다. '혹여 책을 읽을 수 없는 사람에게 도움이 될 수 있지 않을까? 아니면 사투리 쓰는 아줌마도 유튜브 하는데 나라고 못 할까?'라고 생각하는 사람이 있을 수 있지 않을까?

타인의 평가가 아니라 정말로 내가 좋다. 내가 하나하나 쌓일 때마다 보람되고 행복하다. 나는 그렇게 글을 쓰고, 나는 그렇게 유튜브 채널을 운영한다. 유튜버가 꿈이라는 학생에게 "유튜브 돈 못 벌어. 선생님 광고 붙어도 아직 푼돈이다." 그렇게 말하면 학생은 웃으며 "선생님 유튜브 재미없어요." 맞다. 나의 유튜브는 재미없다. 하지만 나는 그 재미없는 유튜브 채널을 계속 운영한다. **나의 이익을 지키는 행동들이 타인에게 도움이 될 수 있다고 생각하며 계속 꾸준히 해 나간다.**

그렇게 무료로 독서 모임을 꾸려 진행하고, 학생들을 대상으로 학부모를 대상으로 무료로 집단 상담을 진행하기도 했다. 이 모든 것은 나의 선량한 이기심을 발휘했던 순간들이다. 그런 것들은 하며 사실 내가 제일 좋았다. 그렇게 나는 나의 선량한 이기심을 발휘하며 살아가고 있다.

잠깐, 여기서 말하는 선량한 이기심은 개인을 소중히 여기는 마음이다. 인터넷 초록창 국어사전에 찾으면 나오는 '이기심'의 뜻, '자기 자신의 이익만을 꾀하는 마음'에서 '만'이라는 글자만 뺀 개념으로 사용했다. 자신의 이익을 지키는 선량한 마음 말이다.

나의 전라를 드러낸
목욕탕의 추억

"몇 시까지 나올까?"

"2시간 뒤에 보자."

목욕탕 앞에서 남탕과 여탕으로 나뉠 때 신랑과 나누는 대화다. 유난히 목욕탕을 좋아하는 둘째는 나를 닮은 것 같다. 나에게 대중목욕탕은 힐링의 공간이다. 크고 작은 스트레스는 대중탕에 앉아 있으면 저절로 씻겨 내려 나가는 것 같다. 나와 궁합이 맞는 세신 아주머니에게 오이 마사지를 받으며 누워 있으면 그날은 나의 날이다.

나와 목욕탕을 함께 간 딸은 엄마가 때밀이를 받는 동안 몇 번이고 이곳을 왔다 갔다 한다. 어린 시절 대중목욕탕에서 오이 마사지를 받는 엄마를 기다리고 있던 내가 생각난다. 오이 마사지를 받고 뽀얗게 변한 엄마가 배시시 웃으며 나를 안아주셨다. 나도 세신이 끝난 후, 아이에게 다가간다. "엄마를 기다려줘서 고마워." 찬물에서 놀고 있어서 몸이 차가운 아이를 따뜻하게 안아준다.

나는 처음 때밀이를 받았을 때, 그 불편함을 기억한다. 처음 보는 사람 앞에서 나의 전라를 그대로 드러내고 누울 때 느끼는 부끄러움, 부끄럽지만 아무렇지 않게 누워 있어야 하는 불편함이다. 하지만 이것을 과감히 내려놓는 사람만이 누릴 수 있는 편안함이 있다. 이 행위는 돈이 있고 없고의 차이가 아니라 내가 나의 전라를 있는 그대로 타인에게 내어놓고 편히 누울 수 있느냐 없느냐의 차이일 것이다.

이기적인 시간 역시 그런 것 같다. "엄마가 이렇게 이기적이어도 돼? 자고로 엄마란 이래야 하지 않아?"라고 하는 순간 엄마의 이기적인 시간은 가질 수 없다. 엄마는 가족과 자식을 위해 한없이 희생해야 하는 아이콘으로 자리 잡아 버린다. 이기적인 엄마가 어때서? 이기적인 며느리가 어때서? 이기적인 아내가 어때서? 이기적인 내가 어때서? **나의 전라를 그대로 드러내고 누울 수 있는 그 마음으로 나의 이기적인 시간을 확보하**

는 사람만이 이기적인 행복을 맛볼 수 있다.

"엄마, 나 사실은 찬물에만 있었어요."

나는 속으로 '딸, 이기적으로 잘 놀았구나.'라 생각하며, 말로는 "괜찮아. 네가 좀 아플 거야." 때수건으로 의식적인 행위처럼 딸 아이 몸을 어루만져 준다.

내가 처음으로 세신사 아주머니에게 오이 마사지를 받았던 적은 임용고시 2차에서 떨어졌을 때다. 엄마는 내가 시험에서 떨어진 것을 알고 나를 목욕탕에 데리고 갔다. 따뜻한 물에 몸을 담그니 그동안 힘들었던 시간이 씻겨 내려가는 것 같았다. 엄마는 나를 세신 아주머니에게 데리고 갔다. 그때 모르는 사람에게 나의 전라를 보여주는 것이 싫다며 거부하는 나를 손에 힘을 주어 끌고 가셨다. "그동안 고생했던 너에게 주는 선물이야. 아주머니 오이 마사지까지 해주세요."

그날을 잊을 수가 없다. 너무 불편했고, 얼굴에 붙은 오이는 너무 차가웠지만, 내 눈에서 흐르는 뜨거운 물이 적당한 온도를 유지해 줬다. 그 불편함을 잘 참았고, 오이의 차가움도 잘 버텼다. 그리고 나서부터 나는 힐링이 필요할 때 찾아간다. 오이의 차가움으로 정신이 바짝 차려지고 싶을 때도 찾아간다. 최선을 다했지만 결과가 좋지 않을 때 다시 힘내기 위해서 몸과 마음이 벅찰 때 다시 정신 바짝 차리기 위해서 나는 목욕탕에 가서 오이 마사지를 받는다.

조만간 친정어머니를 모시고 목욕탕을 가야겠다. 나에게 오이 마사지를 알려준 친정어머니에게 보답하러 가야겠다. 그리고 먼 훗날 나의 딸에게도 오이 마사지의 맛을 알게 해주리라. 과거의 내가 엄마에게 전수받은 것처럼 말이다.

책을 읽고 있는 그대, 혹시 삶이 힘든가? 그럼, 지금 당장 목욕탕으로 가서 목욕탕 안에서 스스로를 위로하고 오이 마사지를 받으며 정신을 바짝 차려보기를 권한다.

7

이기적 엄마가 곧 사랑이다

"엄마는 잔다."

아이들보다 먼저 잠자리에 든다. 어떻게 아이들보다 먼저 자냐고? 누군가 묻는다면 나의 체력과 컨디션을 누구보다 잘 알기에 무조건 잠을 푹 자주어야 한다. 그래야지만 일어나 내가 하고 싶은 것을 할 수 있다.

내가 나를 지키는 것,

내가 나의 건강을 지키는 것,

내가 나의 시간을 지키는 것,

내가 나의 마음을 지키는 것,

내가 나의 공간을 지키는 것,

내가 나의 꿈을 지키는 것, 그것만으로도 소중하고 숭고한 행위이다.

그동안 내 것의 영역이 없다가 내가 나의 영역을 만들려고 하니 너무 가까이 붙어 있었던 것들이 떨어져 나가며 나에게 이기적이라 외친다.

나의 영역을 만들어 가는 것이 이기적이라면 나는 이기적인 사람이다. 나는 이기적으로 나의 영역을, 나의 시간을 지키려 한다. 나는 이기심을 한자로 찾아보았다. '利己心' 생물의 본성의 하나로 자신을 위하는 마음이라고 나온다. 비행기를 탈 때 스튜어디스의 안내가 기억에 남는다. "객실 기압에 이상이 있을 경우 산소마스크는 선반에서 저절로 내려옵니다. 도움이 필요한 동반자가 있는 경우에는 먼저 착용하신 후 도와주시기 바랍니다." 그렇다. 먼저 내가 살아야 한다. 내가 살아야 남도 도와줄 수 있다. 엄마가 살아야 아이도, 내가 살아야 가족도 살릴 수 있다.

공자의 말처럼 "내가 대접받고 싶은 대로 남을 대접해 주라." 여기서도 내가 대접받고 싶은 것을 명확히 알아야 한다. 공자 같은 성인이야 자신이 대접받고 싶은 것을 생각만 하고 타인에게 해줄 수 있을지 모르겠지만, 나는 일단 내가 하고 싶은 것은 먼저 해야 한다. 그래야 타인을 도와도 심술이 꼬이지 않는다. 내가 하고 싶은 것을 남에게 먼저 해주었는데 그것을 전혀 고마워하지 않고, 당연히 받아들일 때 나는 분노를 참지 못하고 폭발한다. 나에게 가장 소중한 시간, 나에게 가장 소중한 공간을 자신들이 사용하며 마치 당연한 듯이 받아들이면 분노한다. 이 세상에 당연한 것은 없기 때문이다.

나는 내 시간을 내어주면 그 생색을 내겠다. 내 공간을 내어주면 그 생색을, 내 에너지를 내어주면 생색을, 내 마음을 내어주면 생색을 낼 것이다. 왜냐하면 나의 소중한 것을 나의 소중한 사람에게 내어놓았으니 말이다.

나는 지극히 이기적인 동시에 이타적으로 살아갈 거다. 세상에서 가장 이타적인 엄마가 이기적으로 자신의 시간을 지키는 것은 어쩌면 그 시간을 지키며 스스로 사랑하는 삶을 보여주는 것은 아닐까? 그렇게 스스로 삶을 사랑하는 모습을 보여주는 것이 가장 이타적인 것은 아닐까?

나의 이기적인 새벽 시간도, 나의 이기적인 머리 기부도, 나의 이기적인 오이 마사지도, 어떻게 보면 전혀 이기적인 행위가 아니다. 나를 지키는 시간이고, 나를 지키는 행위다.

내가 나를 지켜야 한다. 나의 공간과 나의 시간을 확보해야 한다. 그렇지 않으면 나는 나로 바로 설 수 없다. 타인을 위해 존재하는 사람은 타인을 위해 한없이 희생하다가 그 희생의 대상이 없어지면 존재의 가치마저 다시 찾게 될지도 모른다.

나는 오늘도 이기적인 시간에 이기적으로 빼앗은 노트북으로 글을 쓴다. 곧 아이들은 일어나 각자가 식사할 것이며 나는 이러한 행위를 계속해서 죽을 때까지 반복할 것이다. 나의 아이들에게도 이러한 이기심을 물려 줄 것이다. 이 글을 읽고, 이기적인 엄마들이 더 늘어갔으면 좋겠다. 그동안 당연한 것으로 생각하며 받아왔었던 나의 엄마의 희생에 감사한 마음을 전하고 싶다. 나의 곁에서 기도해 주시고, 희생하며 존재해 주신 나의 엄마 고맙고, 사랑한다. 나 역시 나의 딸에게 기도해 주고 그 옆에서 이기적으로 존재해 줄 것이다.

2장

엄마로만
살고 싶지 않아

장새라

1

이기적인 엄마, 그게 어때서?

"엄마 좀 제발 그만 괴롭혀!"

잠자리에서 양옆으로 누운 아이들이 번갈아가며 나를 괴롭혔다. 한 명은 토닥토닥해달라 떼를 쓰고 한 명은 물을 갖다 달라며 징징거렸다. 꾹꾹 참다못한 나는 그만 소리를 빽 지르고 침실 문을 쾅 닫고 나와버렸다. 아이들 울음소리를 못 들은 척하며 소파에 고개를 파묻고 분을 삭였다. 오늘도 아이들에게 화를 냈구나……. 종일 엄마를 그리워한 아이들을 더 따뜻하게 품어줬어야 했는데. 도대체 나는 왜 이리도 이기적인 걸까.

결혼하기 전에는 아니 아이를 낳기 전까지는 몰랐다. 내가 이토록 이기적인 사람인 줄은. 누구보다도 엄마와 아내 역할을 잘해낼 거라고 생각했다. 우리 엄마가 그랬듯 나도 당연히 그런 사람이 될 줄 알았다. 그런데 어찌 된 일인지 나는 매일 화가 났고 가족들은 늘 이유 없이 당했다. 틈만 나면 혼자 있기를 원했고 자꾸만 일을 만들어 밖으로 나갔다. 가정주부는 아무래도 내 적성에 맞지 않는 일인 걸까? 앞치마를 두르고 환하게 웃으며 아이들에게 간식을 만들어주는 다정다감한 엄마는 도무지 내가 할 수 있는 일이 아니었다.

결혼하고 아이를 낳은 뒤로 나의 하루는 온전히 내 것이 될 수 없었다. 아침에 일어나 밤에 잠이 들기까지 나는 하루 종일 들볶였다. 잠이 덜 깬 아이를 어린이집에 밀어 넣고 미친 듯이 회사로 달려갔다. 하루에도 열두 번은 치솟는 퇴사 욕구를 간신히 눌러가며 꾸역꾸역 업무를 마치고 또다시 미친 듯이 어린이집으로 달려갔다. 반가운 마음도 잠시 현관문을 열면 전쟁이 시작됐다. 집안은 늘 개판, 오늘은 또 뭘 해 먹나 걱정, 집안일에 밀려 아이는 늘 TV와 놀았다. 그런 아이를 보며 또 밀려드는 걱정과 죄책감……. 나의 하루는 늘 그랬고 여전히 그러하다. 어쩌면 변명 같지만, 이런 일상에서 나는 당연히 한숨이 늘고 짜증이 치솟을 수밖에 없었다. 어떻게든 틈만 나면 숨 쉴 구멍을 찾게 되었다.

"씻어서 한 번씩 구워 먹기 편하게 너덧 마리씩 비닐에 싸서 냉동고에 넣어놓을 요량으로 개수대 앞에서 조기를 씻다가 조기를 집어 던져버리고 싶었어. 문득 엄마 생각을 했어. 엄만 그 재래식 부엌에서 평생 대식구의 밥을 짓는 동안 어떤 마음이었을까? 궁금했어, 엄마가 부엌을 좋아했을 것 같지가 않아." - 신경숙, 『엄마를 부탁해』中

개수대 앞에서 조기를 던져버리고 싶은 마음. 나 역시 숱하게 겪어본 마음이었다. 설거지하다가 문득 다 집어던지고 밖으로 뛰쳐나가고 싶었다. 두 아이가 나를 붙잡고 기약 없이 울고 보챌 때면 문을 쾅 닫고 도망치고 싶었다. 수백 번, 수천 번을 뛰쳐나가고 싶은 마음을 붙잡고 아이들이 잠든 밤 수없이 울었다. 어떻게든 벗어나고 싶던 그 마음이 부끄러웠다. 그러다 문득 내 삶이 안쓰러워 견딜 수가 없었다. 발이 꽁꽁 묶여 이러지도 저러지도 못한 채 버둥거리는 내 모습이, 그리고 그런 엄마를 곁에 둔 아이들이, 또 매번 이유를 알 수 없는 아내의 짜증을 견뎌야 하는 남편이, 다 안쓰러웠다.

꽉 막힌 하루 속에서 내가 숨통을 트일 수 있는 시간, 그 시간은 너무나 소중했고 필요했다. 온전히 나만 바라볼 수 있는 시간, 그냥 멍하니 아무 생각도 걱정도 안 해도 되는 그런 시간. 나는 그 시간을 찾기 위해 부단히 애를 썼다. 지금 생각해 보면 어이없는 뻘짓도 참 많이 했지만 결코 그 시간이 헛되지 않았다고 생각한다. 남편과 아이들에게 미안한 마음을 꾹 눌러 담고, 나만의 이기적인 시간을 보내면서 새로운 세상을 알아갔다. 세상엔 재미있는 일들이 넘쳐났다. 그것들을 다 해보고 싶어서 자꾸만 몸이 들썩거렸다. 이기적인 엄마라는 소리를 들으면서도 결국 하고 싶은 것들을 해보며 깨달았다. 내가 어떤 사람인지, 무엇을 좋아하고 싫어하는지, 무엇 때문에 가슴이 뛰는지. **이기적인 엄마의 시간은 나를 알아가는 시간이었다.**

종종 엄마가 되지 않았다면 내 모습은 어땠을까 상상해 본다. 엄마가 되기 이전에 나는 이토록 '나'를 생각하며 살지 않았다. 그냥 정해진 목표를 향해 무작정 달리며 살았다. 내 마음이 어떤지 내가 어떤 사람인지 모르고 살았다. 엄마가 되고 나서야 '나'의 존재감에 대해 알게 되었다. '나'를 위해 살고 싶은 마음이 간절해졌고, 더 나은 '나'가 되고 싶어졌다. 엄마가 되지 않았다면 이토록 간절한 마음은 생기지 않았을 것이다. 그래서 난 엄마로 사는 지금을 결코 후회하지 않는다. 엄마가 되지 않았다면 나는 저만치에서 여전히 멈춰 서 있을 테니까.

당신이 마음껏 이기적인 시간을 보냈으면 좋겠다. 엄마도 아내도 아닌 오직 나에게 집중할 수 있는 시간. 그 시간을 통해 '나'를 알아가기를. 아이들과 남편이 좋아하는 것 말고 내가 좋아하는 것, 내 가슴을 뛰게 하는 일을 실컷 해보자. **이기적인 엄마, 그게 어때서? 이기적인 엄마는 성장하는 엄마다.**

2

새벽, 엄마가 자라는 시간

부스럭부스럭…… 으앙, 엄마!!!

잠에서 깬 뒤척이다 엄마의 부재를 알아챈 아이가 울음을 터뜨린다. '아…… 오늘도 망했구나.' 옅은 한숨이 나온다. 읽던 책을 덮고 아이 옆으로 간다. 이 시간만큼은 좀 봐주면 안 되나 싶은 마음에 아이가 원망스럽다. 하지만 엄마가 곁에 오자 이내 새근새근 잠이 든 아이를 보면 안쓰러운 마음에 죄책감이 든다. 오만가지 감정이 새벽부터 나를 집어삼킨다. 그럼에도 나는 매일 새벽에 몸을 일으킨다. 새벽마다 울리는 알람을 쏜살같이 끄고 책상에 앉아 매일 하는 말. '얘들아, 오늘은 제발 일어나지 마.'

새벽 기상을 하기로 결심한 건 순전히 아이 때문이었다. 점점 성장하며 말문이 터진 아이는 하루 종일 참새처럼 종알거리며 질문을 쏟아냈다. 새로운 세상을 알아갈수록 아이는 궁금한 것이 많아졌다. 아이의 통통 튀는 질문에 늘 당황하며 버벅거리는 내 모습이 한심해 보였다. 현명한 엄마가 되어야겠다는 결심이 나의 새벽 기상의 시작이 되었다.

2019년 9월 16일 새벽 6시. 처음 새벽 기상을 하던 날의 모든 순간이 잊히지 않는다. 그날 새벽의 신선한 공기, 아무도 나를 찾지 않는 고요함, 공부하기 위해 산 영어책의 첫 장을 펼치며 두근거리던 마음까지. 그날 온몸으로 느꼈던 기분 좋은 감정과 감각은 지금까지도 새벽 기상을 유지할 수 있는 원동력이 되었다. 온몸이 물먹은 솜처럼 무겁고, 내가 왜 이렇게까지 해야 하나 싶을 때면 처음 새벽 기상을 하던 그때의 나를 떠올린다. **남들은 이해하지 못하는 나만의 즐거움, 새벽 기상을 하며 나 자신과 켜켜이 추억을 쌓는다.**

새벽 기상을 하며 매일 새로운 세상을 알아갔다. 그저 아이에게 더 나은 엄마가 되리라 시작한 새벽 기상이었는데 이 세계에 들어오니 완전히 다른 세상이 펼쳐졌다. 세상엔 너무나 부지런하고 성실한 사람들이 많았고 그들은 '나'를 성장시키기 위해 매일 꾸준히 무언가를 하고 있었다. 그 모습을 보면서 가슴이 벅차올랐다. 나도 멋지게 살아보고 싶어졌다.

책과 담을 쌓고 살던 내가 독서의 매력에 푹 빠졌고, 블로그를 시작하고, 다양한 사람과 소통하며 새로운 세상에서 또 다른 나를 만났다. 차곡차곡 나만의 기록이 쌓여가는 재미에 푹 빠져 새벽 기상을 지치지 않고 해나갈 수 있었다. 물론 모든 날이 다 즐겁기만 한 것은 아니었지만 여전히 새벽 기상을 놓지 않는 이유는 나 스스로가 만들어 가는 이 시간의 기록이 매우 가치 있기 때문이다. 온전히 '나'로서 만들어 가는 내 삶의 자취, 새벽 기상을 하지 않았다면 지금 내 모습은 과연 어떨까.

 하지만 엄마의 새벽 기상은 절대 쉽지 않다. 복병은 늘 그렇듯 아이들이다. 특히나 아이가 어릴수록 새벽 기상은 망하기 쉽다. 책상에 앉아 뭘 좀 하려 하면 귀신같이 알아챈 아이가 울기 시작한다. 책장을 펼치자마자 김이 빠진다. 하루 종일 엄마를 달달 볶았으면 이 시간만큼은 나를 좀 놔줬으면 싶은데 어림도 없다. 다이어리에 야침 차게 적어놓은 투두리스트(To Do List)를 하나도 지우지 못하는 날들이 수두룩하다. 그렇게 새벽마다 무너지고 화가 나고 짜증이 나는 시간을 보내다 보면 어느 날은 아이가 눈을 동그랗게 뜨고 묻는다. "엄마, 뭐 해?"

 "가끔 일찍 깨어 밖으로 나왔을 때 '엄마 뭐 해?' 하고 물으면 엄마는 '아직 더 자도 돼.'라고 대답했다. 생각해 보면 질문에 맞는 답이 아니었다. 커피를 마시며 책을 읽던 엄마. 다 자란 후에도 엄마는 늦잠 자는 나를 깨우지 않았다. 그 이유를 이제야 안다." – 고수리, 『마음 쓰는 밤』中

새벽에 잠이 깨서 울며불며 엄마를 찾던 첫째는 이제는 자다 깨서 방문 밖으로 고개를 빼꼼 내밀고 엄마가 책상에 앉아 있나 확인한다. 그럼 나는 "아직 새벽이야. 더 자도 돼."라고 말한다. 아이는 고개를 끄덕이고 다시 누워 뒹굴거리다 잠이 들거나, 도무지 잠이 오지 않는 날은 내 곁에 앉아 책을 보거나 혼자 논다. 물론 둘째는 가차 없이 울고불고 엄마를 찾지만. 첫째의 모습을 보며 곧 둘째도 쿨하게 다시 눕는 날이 오리라 믿고 있다.

쉽지 않은 엄마의 새벽 기상. 하지만 '얘들아 제발 일어나지 마.' 기도하며 보내는 이 시간이 생각보다 그리 길지는 않다. 새벽마다 지지고 볶던 시간도 언젠가는 다 추억이 되겠지. 그렇게 애쓰며 살던 내 모습이 애잔하게 느껴지는 시간이 분명 찾아올 것이다.

가끔 내가 게으름을 피우며 늦잠 자는 날이면 첫째가 묻는다. "엄마, 오늘 공부 안 해?" 그렇게 엄마를 찾으며 새벽마다 울던 아이가 엄마 공부 안 하냐며 깨우는 날이 오다니. 육아하며 늘 느끼는 것은 모든 건 시간이 해결해 준다는 것이다. 아이가 깰까 봐 아슬아슬하게 새벽 기상을 하던 날들이 이젠 추억이 된다는 것이 후련하기도 조금은 서글프기도 하다. **아이가 성장하며 엄마가 누릴 수 있는 '새벽 시간'에 여유가 생긴다. 자, 이제는 엄마가 마음껏 자랄 시간이다!**

$$\text{(3)}$$

어쩌다 작가

'이대로 죽는 건 너무 억울해. 난 세상에 내 이름을 남기고 죽을 테야.'

언제부터인지는 몰라도 가슴속에 품고 있던 꿈이었다. 호랑이는 죽어서 가죽을 남기고 사람은 죽어서 이름을 남긴다는데, 이렇게 살다가는 죽어서 흔적도 없이 사라지지 않을까? 엄마, 아내, 직장인, 내가 입고 있는 옷을 벗어버리고 나면 나에게 남는 건 아무것도 없는 것 같았다. 그런 생각을 하니 억울해서 미칠 지경이었다. 이 세상에 나의 흔적을 반드시 남겨놓고 싶었다. 하지만 지극히 평범한 내가 무슨 수로 세상에 흔적을 남길 수 있을까? 그 답은 새벽 기상을 하며 찾을 수 있었다.

새벽 기상을 하며 가장 먼저 시작한 것은 영어 공부였다. 아이가 영어 질문까지 쏟아내자 도무지 감당되지 않았고, 아주 쉬운 문장조차 해석이 되지 않는 나의 무식함을 견디기 힘들었다. 그렇게 영어 공부로 시작한 나의 새벽 기상은 새로운 세상을 알아가며 점점 확장해 갔다.

출근길에 늘 듣던 라디오에서 어느 날 책을 소개해 주는 코너가 새롭게 시작되었다. 게스트로 출연해 책을 소개해 주는 한 여자의 목소리가 너무나 매력적이었고 그녀가 말하는 책들은 하나같이 읽고 싶은 마음이 들었다. 그분은 유튜버 〈겨울서점〉이었다. 유튜브를 전혀 보지 않던 내가 처음으로 구독한 채널. 나는 홀린 듯 며칠 동안 겨울서점 유튜브를 보았다. 독서의 세계가 이토록 광활한 바다 같을 줄이야. 그곳에서 소개해 주는 책을 읽기 시작했고 나는 완전히 새로운 독서의 세계로 빠져들어 갔다. 난생처음 서평단을 신청해 당첨도 되어보고, 출판사마다 운영하는 북클럽에 가입해 새로운 독서방식을 경험해 보기도 했다. 그렇게 책을 읽다 보니 스멀스멀 한 가지 욕망이 올라오기 시작했다. '글을 쓰고 싶다.'

글을 쓰고 싶은 욕망은 생겼는데, 어떻게 써야 하지? 그런 고민을 하던 와중에 아주 우연히 '필사 모임'을 알게 되었다. 그것도 그냥 필사가 아니었다. 무려 20권의 대하소설 『토지』를 필사하는 모임이었다. 토지 필사라는 어마어마한 결심을 단숨에 하게 된 것은 모임을 이끄는 리더님의 마음과 나의 욕망이 통했기 때문이었다. 그분 또한 글을 잘 쓰고 싶은 마음에 토지 필사를 시작했고, 두 아이를 홈스쿨링 하면서도 책을 출간했다. 필사에 참여하며 나는 매일 글 근육을 키웠고 책을 쓰고 싶다는 옅은 소망이 점점 짙은 꿈이 되었다.

놀라운 것은 나처럼 책을 쓰고 싶어 하는 엄마들이 무척 많았고, 그 꿈을 이룬 엄마들 또한 상당히 많다는 사실이었다. 지극히 평범하고 나처럼 아이를 키우며 아등바등 살면서도 책을 쓰는 이들이 이토록 많다니. 약간의 충격과 함께 도전의 불씨가 당겨졌다. 나와 크게 다를 바 없는 엄마들이었다. '저 사람도 쓰는데, 나라고 못 쓸 이유가 있나? 게다가 책을 출간하면 세상에 내 이름은 남겨놓고 죽을 수 있겠구나!!!' 상상만으로 가슴이 뛰었다.

책을 쓰겠다고 결심하자 모든 일은 속전속결로 이루어졌다. 남편 몰래 책 쓰기 수업에 비용을 내고 본격적으로 책 쓰기에 돌입했다. 수업이 있는 날이면 남편에게는 이런저런 핑계를 대고 시간을 만들었다. 어느 날에는 야근한다고 거짓말을 하고 아파트 지하 주차장에서 수업을 듣기도 했다. 왜 이렇게 오질 않느냐며 걸려 오는 전화에 가슴이 쿵쾅거리기도 했지만, 책 쓰기를 배우는 이 시간이 너무나 즐거웠다. 내가 작가가 된다니!!

책을 쓰는 동안 내 머릿속은 늘 수많은 단어와 일상의 경험 조각이 둥둥 떠다녔다. 그것들을 붙잡아 글로 모양을 만들어 내는 일은 여간 고통스러운 게 아니었다. 새벽마다 텅 빈 화면을 작은 글씨로 채워가는 일은 해보지 않은 사람은 알 수 없는 고행이었다. 게다가 새벽에 아이가 잠에서 깨어 엄마를 찾으며 우는 날에는 아이를 안은 채로 책상 앞에 앉아야 했다. 아이를 안고 빈 화면을 바라보고 있으면 눈물이 툭 떨어졌다. 왜 책을 쓴다고 했을까, 분수도 모르고 무슨 책을 쓴다고!!! 이 모든 일을 자처한 것은 나이므로, 오로지 스스로를 탓할 수밖에 없었다. 매일 새벽마다 나와 싸우고 화해해 가며 결국은 원고를 완성했다. 그 이후의 지난한 시간이 기다리고 있는 줄도 모르고 그저 초고를 완성한 기쁨에 빠져 있었다.

몇백 군데의 출판사에 투고했지만, 묵묵부답이 대부분이었고 답이 오더라도 죄송하다는 말뿐이었다. '당연히 될 줄 알았던 일이 당연하지 않을 수 있겠구나.'라는 생각에 풀이 죽어 있을 때쯤 한 출판사로부터 전화가 왔다. 그 출판사와 계약하기로 하고 계약서에 사인하는 순간 모든 것이 꿈만 같았다. 나에게도 이런 순간이 오다니. 사인하고 나서야 남편에게 이야기했다. "여보, 나 책 썼다."

한동안 남편은 나를 보며 장작가라 불렀다. 장난꾸러기 남편이라 대부분 나를 놀리느라 그렇게 부르는 거였지만 내심 그 말이 싫지 않았다. '작가'라는 말은 여전히 낯간지럽고 부끄럽다. 그래도 내 이름 옆에 엄마도 아내도 아닌 '작가'라는 호칭을 붙일 수 있다는 게 얼마나 가슴 벅찬 일인지 모른다.

어쩌다 보니 작가가 되었다. 그런데 그 '어쩌다'는 그냥 우연히 얻어걸린 것은 아니다. 조금만 삶의 방향을 바꿔도 새로운 세상을 볼 수 있다. 지극히 작은 나만의 세상에서 다른 세상으로 발을 내디디니 삶은 완전히 다르게 흘러갔다. 어쩌다 보니 이렇게 되었지만, 그저 머물러 있었다면 어쩌지도 못했을 것이다. 이제는 어쩌다 작가가 아닌 그럴듯한 작가가 되기 위해 오늘도 책상에 앉는다.

몸빼바지를 입고 마이크를 든 엄마

"도시와 농촌을 잇는 로컬 크리에이터를 모집합니다!"

어느 날 우리 지역에서 운영하는 네이버 밴드에 공지글이 하나 올라왔다. 농가에 방문하여 일손도 돕고 팜파티를 기획, 운영하는 일을 할 로컬 크리에이터를 뽑는다는 내용이었다. 다른 건 모르겠고 일단 그 이름이 너무나 그럴듯했다. 로컬 크리에이터라니!!! 공고문을 읽으며 마음이 꿀렁거렸다. 도전해 보고 싶다는 강한 충동이 올라왔다.

남편과 나는 시골 생활, 농사짓기에 관심이 많았다. 진지하게 귀농 귀촌을 고민한 끝에 작년 겨울 용인의 시골 마을에 자리를 잡았다. 일단은 시골에 살아보자는 생각으로 무작정 이사를 왔다. 그래서인지 로컬 크리에이터 공고문을 보자마자 이건 내가 해야만 하는 일이란 생각이 들었다. 무엇이든 경험해 보고 싶었다. 우리가 가고자 하는 삶에 간접 경험이 필요했다. 당장 남편에게 공고문이 올라온 링크를 보내주고 다짜고짜 신청해도 되냐 물었다. 3개월 이상의 장기 프로젝트였고 토요일마다 집을 비워야 했기 때문이다. 다행히 남편은 흔쾌히 허락했고, 나는 당장 신청서를 제출했다.

나 같은 사람이 무척 많았나 보다. 예상보다 신청자가 많아 전화 면접까지 한다는 문자를 받고 잔뜩 긴장되었다. 약속한 시각에 전화가 왔고 나는 무조건 긍정적으로, 할 수 있다는 강한 의지를 내비쳤다. 며칠이 지나 문자가 왔다. "로컬 크리에이터 프로그램 참여자로 선정되셨습니다. 오리엔테이션에 꼭 참석해 주세요." 사무실 안에서 마음속으로 소리를 질렀다. 새로운 경험을 할 생각에 가슴이 쿵쾅거렸다.

모두가 모이는 첫날, 오리엔테이션에 참석해 인사를 나누고 조를 나누었다. 조별로 농장에 방문해 팜파티 기획 워크숍을 하고 팜파티를 진행하기로 했다. 처음으로 농장에 방문해 농장주님과 함께 이야기를 나누고 팜파티 기획을 위해 회의를 시작했다. 회의는 순조롭게 진행되었고 마지막으로 역할 분담만이 남았다. 총괄 책임, 무대 설치, 공연, 음식 보조 등등 다양한 역할이 적합한 사람들에게 돌아갔고 마지막으로 '사회자' 역할이 남자 눈치 게임이 시작되었다. 다른 건 다 해도 이것만은 할 수 없다는 무언의 눈빛이 오갔다.

그건 나 또한 마찬가지였다. 지극히 내향적인 데다가 말주변도 없고 사람들 앞에 서면 늘 목소리가 떨려서 나서고 싶지 않았다. 하지만 분위기가 이상하게 돌아갔다. 참여자 중에서 가장 나이가 어렸기 때문이었을까?! 사회자를 나로 몰아가는 분위기, 언니들의 기에 눌려 찍소리도 하지 못하고 그렇게 사회자로 탕탕탕 결정이 됐다. 눈을 질끈 감아버렸다. 눈앞이 캄캄했다. 내가 사회자라니…….

좋게 생각하기로 했다. 내가 언제 이런 경험을 해볼 수 있을까. 행사를 진행해 본 경험이 전무한 터라 극도로 두려웠지만 나름 기대되기도 했다. 이왕 하는 거 진짜 잘해내고 싶었다. 팜파티를 앞두고 행사 진행 계획표를 보며 대본을 썼다. 다양한 상황을 머릿속으로 상상해 가며 문장을 썼다 지웠다 반복한 끝에 대본이 완성됐다. 드디어 팜파티 당일! 로컬 크리에이터의 공식 복장인 몸뺴바지를 입고, 오늘을 위해 장만한 핑크 장화를 신고 농장으로 향했다. 평소 같지 않은 옷차림으로 토요일 아침 일찍 집을 나서는 엄마를 보며 아이는 물었다.

"엄마, 그렇게 입고 어딜 가는 거야?"

남편 역시 피식 웃으며 말했다.

"그렇게 입으니까 진짜 시골 아줌마 같다."

남편에게 눈을 흘기고 아이들을 부탁하며 신나게 팜파티 장소로 달려 갔다.

"엄마 갔다 올게!!!"

오랜만에 느껴보는 설레고 두근거리는 마음. 오늘 난 로컬 크리에이터 다!

수많은 사람이 모인 자리에서 떨리는 마음으로 마이크를 들었다. 대본을 써왔지만 내가 지금 무슨 말을 하는 건지, 예상치 못한 상황에서는 무슨 말을 해야 하는지 몰라 정신이 혼미했다. 무사히 큰 실수 없이 팜파티가 끝나자 마음이 후련했다.

"전문 MC인 줄 알았어요. 앞으로 계속 팜파티 MC 해야겠는걸요?"

농장주님의 칭찬에 그동안의 걱정과 부담이 싹 씻겨 내려갔다. 그렇다고 계속하고 싶진 않았다. 하지만 농장주님의 말은 현실이 되어 5번의 팜파티 중에서 내리 3번을 사회자로 서게 되었다.

그렇게 한동안 토요일 아침이면 몸빼바지를 입고 집을 나섰다.

"엄마, 맨날 이상한 할머니 바지를 입고 도대체 어딜 가는 거야?"

집을 나설 때마다 아이는 못마땅한 얼굴로 내게 물었다. 황금 같은 휴일, 오늘만큼은 엄마랑 종일 있고 싶은데, 엄마는 자꾸만 이상한 옷을 입고 집을 나간다. 아이의 마음을 백번이고 이해하지만, 나도 가족들에게 이해받고 싶다. 엄마가 아닌 나로서 마음껏 즐길 수 있는 이 시간이 너무 즐겁다.

강원국 작가는 글 쓰는 사람은 태생이 '관종'이라 말했다. 생각해 보니 맞는 말이다. 나는 여러모로 관종이다. 자꾸만 글을 쓰고 싶은 것도 내 마음을 누군가 알아줬으면 하는 것이다. 죽도록 하기 싫었던 사회자 역할도 사실 은근히 즐겼다. 사람들 앞에서 내 목소리를 내는 것이 부끄러우면서도 관심받고 주목받는 게 즐거웠다. 엄마로 사는 동안은 누구에게도 받지 못할 관심과 집중이었으니까. 곰곰이 생각해 보니 회사에 다닐 때도 그랬다. 평소엔 얌전하고 조용하던 내가 회식 자리에서는 빼지 않고 마이크를 잡았다. '나는 낭만고양이이이~~~~.'를 부르며 무대를 휘저어 사람들을 놀라게 한 적도 여러 번이다. 관종의 피가 흐르는 나에게 엄마의 자리는 여간 답답한 게 아니다. 그래서 자꾸만 나를 보여주기 위해 뛰쳐나간다.

엄마라는 옷을 벗어 던지고 나를 보여줄 수 있는 자리라면 이제 무조건 달려갈 것이다. 마이크 몇 번 잡아보더니 밑도 끝도 없는 용기가 생겼다. 잘하고 못하는 건 중요한 게 아니다. 내가 즐거우면 그만이다. 이기적인 나만의 시간을 보내며 나만의 즐거운 경험이 축적된다. 이번엔 또 무슨 일을 저질러볼까? 몸빼 바지를 입고 마이크를 든 엄마의 시즌 2는 어떤 모습일까?

⑤

고작 라테 한잔

"어서 오세요. 주문 도와드리겠습니다."

"라테, 따뜻한 거로 한잔이요."

첫째가 서너 살 무렵, 어느 주말 아침. 무슨 이유인지 나는 무척 화가 났다. 내 안의 화와 짜증이 주체할 수 없이 올라와 펑 터져버릴 것만 같았다. 남편과 아이를 남겨두고 집을 나와버렸다. 감당하기 어려운 이 감정을 어디서든 풀어버리고 싶었다. 터덜터덜 길을 걸으며 생각했다. '그런데…… 어디 가지?' 기세 좋게 뛰쳐나왔는데 막상 갈 만한 곳은 없었다. 문득 스타벅스 기프티콘을 받았던 게 생각났다. '그래, 카페나 가자.'

따뜻한 라테를 한잔 받아 들고 자리에 앉았다. 호로록 한 입을 먹고 나니 금세 기분이 풀렸다. 라테 한잔을 마주하고 앉아 생각했다. 이렇게 카페에 앉아 느긋하게 커피를 마셔본 게 언제였더라? 머리끝까지 차올랐던 짜증이 라테 한잔으로 훅 가라앉다니. **나에게 필요했던 건 고작 라테 한잔의 시간이었다. 그거면 충분했다.**

결혼 전에도 물론 커피를 좋아했지만, 이 정도는 아니었다. 아이와 한바탕 씨름을 하고 난 뒤에는 커피 생각이 간절했다. 아이의 낮잠 시간은 하루 중 내가 유일하게 누릴 수 있는 커피타임. 아이가 잠들면 텀블러를 챙겨 후다닥 집 앞 카페에 가서 커피를 사 왔다. 살금살금 현관문을 열고 아이가 아직 자는 걸 확인한 뒤 거실에 앉아 유유히 커피를 마셨다. '아, 행복해.' 엄마의 행복을 아는지 모르는지 아이는 얼마 지나지 않아 뿌엥. 산통을 깬다. 제발 일어나지 마라, 일어나지 마라…. 이 시간을 더 누리고 싶은 내 마음은 이기적인 걸까? 찰나의 행복이 아이의 울음소리에 펑 깨지는 그 기분. 그건 겪어본 자만이 안다.

결혼 7년 차. 이제는 남편도 나를 잘 안다. 나는 커피 한잔이면 행복해지는 사람이라는 것을. 아이도 안다. 엄마는 커피를 좋아한다고. 외식하고 그냥 집으로 돌아오는 날에는 내게 묻는다. "엄마, 오늘은 왜 카페 안가?"

주말 오후, 내 기분이 그다지 좋아 보이지 않으면 남편은 말한다. "커피 마시러 갈까?" 그 말에 기분이 사르르 녹는다. 별로 안 내키는 척하면서 가방을 챙긴다. 작년에 이사 온 동네에는 근처에 예쁜 카페가 정말 많다. 오늘은 어떤 카페에 가볼까? 어디를 가든 벌써 행복이 차오른다. 커피를 마실 생각에 신이 난다.

가장 좋아하는 라테를 마시며 남편에게 아이들을 맡긴다. '그래 너 하고 싶은 거 다 해.' 그런 얼굴로 남편은 아이들과 놀아주고 나는 커피를 마시며 나만의 시간을 누린다. 지금, 이 순간만큼은 더 바랄 것이 없다. 남편과 아이들의 모습을 물끄러미 바라보며 라테 한입 후룩. 나에게 행복이란, 고작 이 라테 한잔이면 충분한데 이것조차 사치처럼 느껴지는 날들이 수두룩하다. 카페에 앉아 이렇게 여유를 부리는 게 이기적이라 느껴진다.

예전에는 혼자 무언가를 한다는 것이 두렵고 낯설고 부끄러웠다. 혼자 식당에서 밥을 먹거나, 카페에서 커피를 마시는 일은 거의 불가능했다. 극도로 내향적인 나에겐 도전과도 같은 일이었다. 그런데 결혼하고 아이를 낳자 미친 듯이 혼자가 되고 싶었다. 식당에서 혼자 밥을 먹고 카페에 가서 혼자 커피를 마시는 게 이루 말할 수 없을 만큼 행복했다. 이렇게 행복해해도 되나? 가족들에게 미안한 마음이 들 만큼. 온전히 내가 먹을 것에 집중할 수 있고 커피를 마시며 멍 때릴 수 있다는 게 이렇게 신나는 일이었다니. 매일 보낼 수 없는 시간이기에 어쩌다 한 번씩 이런 기회가 생길 때면 마음껏 누린다. 그렇게 좋으냐면서 날 이기적인 엄마로 바라볼지라도. 이런 시간조차 없다면 난 언제 펑 터져버릴지 모르니까.

한 달에 한 번 북카페에 간다. 동네 서점에서 운영하는 북클럽에 가입해 매달 한 권의 책을 받는데, 갈 때마다 콧노래가 절로 나온다. 아무 스케줄이 없는 한가한 주말, 남편의 눈치를 스윽 한번 보고 조심스레 묻는다. "나 서점 다녀와도 돼?"

남편은 시큰둥한 얼굴로 답한다. "그래라." 그럼 나는 신이 나서 집을 나선다. 종종 첫째가 나도 함께 가겠다고 할 때면 적잖이 당황스럽지만, 엄마 금방 갔다 오겠다고, 오는 길에 마트에서 간식을 사 오겠다고 어르고 달래 들여보낸다.

'오늘은 어떤 책일까, 라테를 마실까 아메리카노를 마실까?' 북카페로 향하는 내 마음은 소풍 전날 아이의 마음처럼 한껏 들떠 있다. 책과 라테 한잔을 테이블 위에 올려놓고 사진을 찍는다. #자유부인. 자유부인이란 말은 누가 만들었을까. 자유라는 말은 왜 부인 앞에만 붙는 걸까. 자유남편은 없는데 자유부인만 수두룩하다. 오랜만에 자유부인이 된 나는 신나게 이 자유를 만끽한다. 아이들은 분명 TV를 보며 과자와 초콜릿을 잔뜩 먹고 있을 거다. 엄마가 없으니, 그들도 자유다.

라테 한잔을 마시며 그동안의 피로와 짜증, 우울과 걱정을 훌훌 날려버린다. 훌쩍 흘러버린 시간에 깜짝 놀라 자리에서 일어선다. 오늘은 여기까지, 에휴 이제 밥하러 가야지. **고작 라테 한잔에 밥할 힘이 생긴다.**

라면 먹는 날

냉장고 문 앞에 선다. 문을 열고 한참을 바라본다. 다시 문을 닫는다. '하……먹을 게 없네. 오늘은 뭘 해 먹어야 하나.' 하루도 빠지지 않고 해야 하는 고민, 엄마라면 이 질문으로부터 도망칠 수가 없다. 퇴근과 동시에 두 아이를 픽업하고 집에 돌아오자마자 가방만 내던진 뒤 가장 먼저 하는 일은 쌀을 씻는 일. 일단 쌀부터 씻고 냉장고 문을 열어 식재료를 스캔한다. 아이들 반찬은 늘 돌려막기다. 오늘은 계란국, 내일은 계란말이, 모레는 계란찜…. 아이 반찬의 양대 산맥 계란과 김이 없었다면 아이들 밥을 어찌 챙겨줬을까. 으…… 상상만 해도 아찔하다.

식판 다섯 칸은 늘 내게 압박감을 준다. 반찬 세 칸을 반드시 채워줘야 하고, 국물파인 둘째 때문에 국도 꼭 챙겨야 한다. 다섯 칸을 꽉꽉 채워줘도 꼭 남기면서 종종 한 칸이 비어 있으면 아이는 딴지를 건다. "엄마 여긴 왜 아무것도 없어?" "어떻게 맨날 다 채워. 비는 날도 있는 거야. 그냥 먹어." 국을 끓이지 못한 날에는 국 칸에 물컵을 놓는다. "오늘은 국 없어. 물이랑 먹어." 가끔은 이래도 되나 싶을 만큼 부실한 식판을 아이들에게 내밀며 먹으라 강요한다. 아… 우리 엄마는 이러지 않았던 것 같은데, 나는 왜 이렇게 끼니 챙기는 일이 어려운 걸까.

하루 종일 회사에서 머리를 쓰고 온 날에는 집에 돌아와 아무 생각을 안 하고 싶다. '오늘 저녁은 뭘 해 먹지?'라는 고민이 비집고 들어올 틈조차 없는 숨 막히는 하루. 그런 날에는 아이들에게 환하게 웃으며 묻는다. "얘들아, 오늘 저녁엔 라면 어때?"

아이들은 눈을 반짝이며 고개를 끄덕인다. "라면 좋아!!!"

냄비에 물을 올리고 라면 봉지를 뜯으며 울컥 올라오는 죄책감을 꾹꾹 눌러 담는다. '맨날 먹는 것도 아니고 어쩌다 한 번이잖아. 괜찮아. 이런 날도 있는 거지 뭐.' 애써 스스로를 위로하며 보글보글 라면을 끓인다. 먹기 좋게 그릇에 담아 한 김 식힌 후 아이들을 부른다. "얘들아~ 라면 먹자!"

식판 5칸을 꽉꽉 채워주지 못해 미안한 마음은 라면 한 그릇을 원샷하는 아이들을 보며 이내 사라진다. 정성스레 차려준 밥보다 라면 한 그릇에 더 행복해하는 아이들을 보면 묘한 배신감이 느껴지기도 하지만, 어쨌든 서로서로 행복하게 한 끼를 잘 해결했다는 생각에 한껏 마음이 가벼워진다. 저렇게 좋아하는데 라면 한 끼가 뭔 대수일까.

(중략)

요를 덮고
한 사흘만
조용히 앓다가

밥물이 알맞나
손등으로 물금을 재러
일어나서 부엌으로

　　　　　　　　　　　 － 신미나, 『싱고, 라고 불렀다』 중 「이마」

아무것도 하고 싶지 않고 누워만 있고 싶은 날, 주말 늦게까지 늘어지게 자고 싶은 날, 퇴근 후 온몸이 물먹은 솜처럼 무거운 날⋯⋯. 그 모든 날에도 나는 몸을 일으켜 쌀을 씻고 밥을 해야 했다. 먹고 사는 일이 뭐 별거냐 싶다가도 냉장고 문 앞에서 숨이 턱턱 막히는 날들이 많았다. 어떤 날엔 울화가 치밀었고, 그러다 '나 엄마 맞아?'라는 생각에 한없이 죄책감에 시달리기도 했다. 가장 기본적인 엄마의 역할조차 해내지 못하는 나 자신이 못나 보였다.

가족들에게 매 끼니 제대로 된 밥상을 차려줘야 한다는 강박. 그 마음을 조금만 내려놓기로 했다. 내가 할 수 있는 선에서 최선을 다하면 그걸로 충분하다. 맨날 먹는 반찬 돌려막기면 어떻고, 한 번쯤 라면 끓여 먹는다고 큰일이 나는 것도 아니다. 가족들에게 미안한 마음에 어떻게든 밥상을 차려내지만, 사실 그 마음을 그렇게 알아주는 것도 아니다. 눈 딱 감고 라면 한번 끓여버리면 별거 아니다. 한 번이 어렵지, 그다음부터는 뻔뻔해지기 쉽다.

종종 주말에 혼자 외출하게 되면 늘 아이들 끼니부터 걱정이다. 뭘 해놓고 나가야 하나 고민하고 있으면 첫째가 다가와 해결책을 던져준다. "엄마, 오늘은 아빠랑 라면 먹는 날이야." 아이의 말에 깔깔 웃음이 난다. 무거웠던 마음이 순식간에 깃털처럼 가벼워진다. "그래, 오늘은 라면 먹는 날이네. 엄마 다녀올게!" 돌아오는 길엔 라면을 더 사 와야 하나…?

$$7$$

○○엄마로만 살고 싶지 않아

두 아이를 집에 놔두고 출근했다. 마음은 조급한데 일은 끝날 기미가 보이지 않았다. 끝내면 다른 일이 생기고, 이제 다했다 싶으면 또 다른 일이 내 발목을 붙잡았다. 집에 있을 아이들 생각에 심장이 오그라들었다. 시계를 보니 저녁 8시 반, 아이들이 하루 종일 아무것도 먹지 못하고 쫄쫄 굶고 있을 텐데…. 집에 설치해 둔 cctv 영상을 확인했다. 그런데 두 아이가 식탁에 앉아 밥을 먹고 있다?! 이게 어떻게 된 일이지? 부리나케 집으로 달려왔다. 두 아이가 반갑게 날 맞이했다.

"엄마가 밥도 안 해놓고 나갔는데 어떻게 너희들 밥을 먹고 있어?"

"엄마, 내가 밥했어!! 잘했지?"

7살 아이가 무슨 수로 밥을 했을까. 엄마가 없는 동안 얼마나 짠한 시간을 보냈을까. 너무나 미안하고 서러워서 아이를 안고 펑펑 울었다.

"새라야, 왜 그래? 꿈꿨어?"

남편이 흔드는 바람에 꿈인 걸 알았다. 나는 흐느끼며 잠에서 깼다. 꿈속의 일이 실제처럼 생생했다. 꿈속에서 빠져나오는 데 한참 시간이 걸렸다. 감정이 쉬이 가라앉지 않았다. 잠든 아이들 얼굴을 한 번씩 쓰다듬으며 마음을 다독였다.

엄마가 된 이후로 늘 꼬리표처럼 달라붙는 "죄책감". 특히나 일하는 엄마에게는 그 죄책감이 더 무겁게 느껴진다. 엄마와 헤어지기 싫은 아이를 어린이집에 억지로 밀어 넣고, 아침마다 내가 지각할까 봐 아이를 달달 볶는다. 바쁘다는 이유로 아이가 원하는 것들을 늘 뒤로 밀어둔다. 마음속 죄책감이 커지면 커질수록 도망가고 싶은 마음도 덩달아 풍성처럼 부풀어 오른다. '엄마'라는 이름이 이토록 무거울 줄이야. 나는 틈만 나면 그 이름을 던져버리고 도망치고 싶었다. 그래서 자꾸만 '나'를 찾으려 발버둥을 쳤다.

어느 날 아이가 물었다. '엄마는 누구야?' 그 질문에 담긴 의미는 무엇이었을까. 처음엔 대수로이 여기지 않은 질문이었는데, 자꾸만 그 질문이 내 안에 맴돌았다. 답을 찾을 수 없었다. 그때의 나는 그저 엄마였고 아내였고 직장인이었다. 역할에 충실한 삶을 살았다. 나는 뭘까, 도대체 뭐지? 그때부터 답을 찾기 위한 여정이 시작되었다. 직장에 얽매이지 않으려 다양한 돌파구를 찾아 헤맸다. 이런저런 부업부터 스마트스토어에도 도전해 보고, 공방을 차려볼 생각에 라탄공예 자격증도 땄다. 삽질의 시간을 보내며 나를 알아갔다. '나는 이런 걸 좋아하는구나, 좋아만 하지 잘하진 못하는구나, 내가 이렇게 일을 잘 벌이는 사람이구나, 이걸 내가 했다고?' 뚜렷한 성과가 없는 시간이었다. 하지만 그 시간을 후회하지 않는다. 다양한 경험을 하며 나를 점점 알게 되었고 이때의 경험이 언젠가 다 쓸모가 있으리라 믿는다.

다양한 경험 끝에 새벽 기상을 시작하면서 내 삶은 달라졌다. 책을 읽고 글을 쓰고 많은 사람과 소통하며 온전한 나로 하루의 일부를 살았다. 여전히 엄마는 누구냐는 아이의 질문에 뾰족한 답을 내리지 못한다. 예전의 나는 나를 모른다는 것에 막연한 두려움을 느꼈다. 하지만 지금의 나는 다르다. 여전히 나는 뭔지 모르겠지만 앞으로의 나, 미래의 내 모습이 너무나 기대가 된다. 지금 내가 일구고 있는 이 시간이 나를 어디로 데려갈지 무척 궁금하다. 이런 꿈도 꿔보고 저 런 상상도 해보며 미래의 내 모습을 그려보는 지금의 내가 참 좋다. 한 번도 이토록 나를 궁금해해 본 적이 없다. 나는 커서 뭐가 될까? 자꾸만 가슴이 뛴다.

엄마가 되자 '나'는 사라져 버린 느낌에 내 인생이 이대로 끝인 건가 싶었다. 엄마로서의 행복감도 물론 말할 수 없이 컸지만, 자꾸만 우울해졌다. 오도 가도 못 하는 무인도에 갇힌 기분이었다. 그런 나에게 새벽의 공기와 책장 넘기는 소리, 따뜻한 라테 한잔은 턱 막힌 가슴을 뻥 뚫어주는 소화제 같았다. 내 인생은 엄마로서 끝나는 줄 알았는데, 자꾸만 새로운 꿈을 꾸게 했다.

엄마로만 살고 싶지 않다. 엄마 역할조차 제대로 하지 못하면서 왜 자꾸 일을 만드는 건지, 가정에 좀 더 충실할 수는 없는 걸까? 누군가는 나를 그렇게 바라볼지도 모르겠다. 나는 나를 잃은 채 모든 걸 헌신하고 싶지 않다. 그럴 자신도 없고 잘하지도 못한다. 그저 엄마로서 아내로서 최선을 다할 뿐이다. 나에게도 그리고 가족들에게도 내 삶을 열심히 살아내는 모습을 보여주고 싶다. **엄마가 얼마나 자신의 삶을 소중히 대하는지, 그런 태도를 보여주고 싶다. 말로 일일이 설명하지 않아도 엄마가 살아가는 모습을 곁에서 지켜보는 것만으로도 아이들은 배울 테니까.**

할머니가 되어서도 책을 읽고 글을 쓰는 사람이 되는 것이 나의 꿈이다. 소박한 꿈이지만 결코 이루기 쉽지 않은 꿈이다. 건강한 몸과 정신을 잃지 않고 살아야 할 테니까. 읽어도 읽어도 넘쳐나는 책을 죽을 때까지 읽고 싶다. 나이가 들수록 깊어지는 글을 쓰고 싶다. 읽고 쓰고 사유하며 풍성해질 나의 삶, 앞으로 남은 나의 시간이 기대된다. 상상만으로도 행복해진다. 엄마가 아닌 나로서 보내는 시간이 없었다면 나는 할머니가 된 내 모습을 상상하며 즐거워할 수 있을까? 모두가 잠든 새벽, 따뜻한 커피 한잔을 마시며 책장을 넘긴다. 오늘도 이기적인 시간을 즐기며 두근두근 즐거운 꿈을 꾼다.

3장

아이들과 함께
꿈을 키워가는
엄마

황미영

유리문이 닫히면,
엄마의 세상이 시작된다

새벽 5시 15분. 알람 소리가 고요한 공기를 흔든다. 알람을 해제하고 팔다리를 쭉 뻗어 찌뿌둥한 몸을 깨운다. 한 뼘 정도 열어놓은 창문으로 정다운 소리가 들린다. 찌르찌르, **찟찟찟찟**, 찌이─찌이─ 풀벌레와 새들은 이미 아침을 시작했다. 부지런도 하지.

어느새 가을의 문턱에 온 듯, 선선한 공기가 나를 깨운다. 오늘도 여지 없이 새날이다. 숨을 깊게 마시고 다시 천천히 뱉는다. 세수하고 긍정 확언을 되뇌고 거울 속의 나를 보며 씽긋 웃는다. "Day by day, in every way, I'm getting better and better."

주방으로 가서 물을 끓이는 동안 스트레칭을 한다. 고작 2~3분이지만 몸을 깨우기 충분하다. 보리차를 우려낸 따뜻한 컵을 쥐고 살금살금 내 자리로 간다. 읽고 쓰고 사색하고, 온라인으로 사람들을 만나는 공간, 일터이자 놀이터인 곳. 가족 누구와 공유하는 자리 말고 오직 나에게 할애된 '내 자리' 말이다.

미세먼지가 가득한 7년 반 전의 어느 봄날, 연고가 없는 신도시로 이사했다. 결혼하고 아이 둘을 낳고 키우는 세 번째 보금자리, 이곳에서 '알파룸'이라는 낯선 공간을 만났다. 알파룸은 아파트 평면 설계에서 생기는 자투리 서비스 공간으로, 보통 거실과 주방 사이에 위치해 식사 공간이나 서재, 놀이방 등으로 쓰인다.

여기는 주방과 거실로 통하는 문이 양쪽으로 커다랗게 나 있다. 방이라기에는 너무 개방되어 있고, 수납공간으로 쓰기에는 아깝다. 어떻게 쓰면 좋을지 한참을 고민하다가 함께 하는 공간을 만들기로 했다. 커다란 책장을 벽에 붙이고 테이블을 가운데에 가져다 놓았다. 신혼 때부터 함께 한 길쭉하고 빨간 테이블은 알파룸 중심에 떡하니 자리 잡아 식탁이자 책상, 작업대의 역할을 톡톡히 해냈다. 그렇게 첫 알파룸은 누구의 방도 아닌 모두의 방이 되었다.

아는 이웃이 하나도 없고 어린이집도 생기기 전이었다. 남편이 밤늦게 퇴근하기 전까지 우리는 껌딱지처럼 붙어 있었다. 한두 시간의 산책을 빼면 거실과 알파룸을 오가며 종일 놀았다. 첫째를 앉히고, 둘째를 안고 함께 책도 읽고 그림도 그렸다. 그리 나쁘지 않았다. **아니, 몸은 힘들어도 좋았다. 엄마라는 존재가 될 수 있어서.** 애타게 기다리던 아이들이 왔으니까, 날마다 자라는 경이로운 순간을 지켜볼 수 있으니까. 웃고 울고 놀고, 쓰러지듯 잠드는 무수한 하루에는 그저 감사와 행복이 깃들어 있었다.

그러다 언제부터인가 슬슬 불만이 올라왔다. '육아도 집안일도 끝이 없네, 티도 안 나는데 안 하면 바로 티가 나고. 계속 이렇게 살아야 하나.' 동시에 올라오는 것은, 불안한 마음이었다. '나는 누구인가, 과연 앞으로 다른 일상을 만들 수 있을까?' 미래에 대한 고민이 생겼다. **나를 찾고 싶은 작은 소망이 가슴에 자리 잡더니, 날이 갈수록 점점 커지기 시작했다.**

육아 한가운데서 끊임없이 흔들리며, 일의 형태에 대해서도 진지하게 고민하기 시작했다. 야근 철야가 계속되며 건강을 잃었던 이전 일, 건축 설계를 계속하기는 힘들 것 같았다. 대신 가족을 챙기며 건강도 돌보고, 원하는 시간에 할 수 있는 일을 찾으려 애썼다. 내가 좋아하고 나에게 어울리고 세상에 도움이 되는 가치 있는 일, 그런 일을 하고 싶었다.

과연 그 일을 찾을 수 있을까? 찾는다면 할 수는 있을까? 의구심이 불쑥불쑥 올라올 때마다 경력 단절 엄마의 성공 취업기나 전업맘의 경력

환승기를 애타게 찾기 시작했다. 아이를 기다렸던 시간과 아이 둘을 낳고 키우는 시간을 허투루 보낸 건 아니라고 믿고 싶었다.

나를 들여다보고 생각을 정리하면서, 삶의 다른 형태를 조금씩 알아갔다. 모두 내 선택에 달렸다는 깨달음에 이르자 두근두근 가슴이 뛰었다. **마음만 먹으면 언제든지 일은 할 수 있고, 그 일은 나에게 잘 어울리는 일이고, 엄마라서 더 잘할 수 있는 일이라는 믿음이 생겼다. 분명, 좋은 때가 올 거야.**

해가 바뀌고 겨울 어느 날, 아파트 작은 도서관에서 영어 그림책 강사를 구한다는 소식을 들었다. 마침 아이들과 영어 그림책을 읽으며 원서 공부방을 생각하고 있던 때라 눈이 커졌다. 좋은 그림책의 가치를 알려주고 싶어서, 바로 지원하고 통과하고, 학부모 설명회를 했다. 그리고 일주일 뒤, 초등 저학년 친구들과의 첫 만남, 초롱초롱한 눈망울을 보며 가슴이 벅차올랐다. 퇴사 후 5년 반, 나에게 온 새로운 기회가 나를 더 좋은 곳으로 데려다줄 거야.

테이블과 책장을 하나 더 들여 거실에 놓고 책을 한데 모았다. 거실을 함께하는 공간으로 만들고 남편의 방도 만들었다. 이제 알파룸은 내 차지다. 작지만 돈 버는 일도 시작했고, 집에서 가장 많은 시간을 보내고 있으니, 이제 방 하나쯤 써도 괜찮지 않나?

아이들의 물건을 거실과 놀이방으로 옮기고 주방으로 통하는 문을 막았다. 커다란 유리문에 시트지와 포스터를 붙였더니 제법 방다운 모습이다. 커다란 책장에는 수업에 필요한 책과 자료가 하나씩 늘어갔다. 영어 그림책 수업을 하고 엄마들과 공부 모임도 했다. 바로 내 방에서.

가만히 돌이켜 생각하면, 결혼하고 아이를 키우며 나의 공간은 조금씩 진화했다. 화장대와 앉은뱅이 밥상에서, 식탁 한구석에서 겨우 책을 펼치다가 비로소 온전한 방 하나를 가지게 되었다. 이제 유목민처럼 이리저리 옮겨 다니지 않아도 되니 행복하다. 게다가 내 자리가 있으니, 마음의 여유가 생겨 어딘지 모르게 든든하다. 해보니 좋아서, 자연스레 다른 엄마들에게도 내 공간을 만들라고 권한다. 아무리 작아도 내 것이 있고 없음은 완전히 다른 문제라고.

물론 아이들은 여전히 밤낮을 가리지 않고 찾아왔지만, 동시에 엄마의 시간과 공간을 존중하는 법도 배워갔다. 어떤 날은 서툰 글씨로 '관개자 외 출입 금지' 팻말을 만들어 붙여주기도 했다. 관계자든 관개자든 상관없다. 중요한 것은 이곳이 엄마의 공간임을 인정한다는 것이다. 어딘지 모르게 믿는 구석이 생겼으니, 이제 차곡차곡 시간만 쌓아가면 된다.

알람이 울리고 다시 찾아온 하루가 우리를 축복한다. 세수하고 물을 끓이는 동안 몸을 구석구석 깨운다. 오늘은 아끼는 데미안 컵에 따뜻한 물을 가득 채웠다. 살금살금 내 방으로 들어가니, 빨간 강화유리 책상과 다이어리, 까만 노트북이 언제나처럼 나를 반긴다.

조용히 유리문을 닫고 내 자리에 앉았다. 노트 한 귀퉁이에 오늘의 미션이 적혀 있다. '아침 6시 30분, 원고 한 꼭지 완성하고 전송' 두 손으로 쥐고 있던 따뜻한 물컵을 노트북 왼쪽에 내려놓고 타이머 50분을 맞춘다. 이제 내 세상 시작, 오늘도 잘 부탁해.

(2)

하루에 한 권,
지금 이야기를 만나러 갑니다

내 곁에는 늘 책이 있었다. 학교가 끝나면 학급 문고와 마을 도서관에 빼곡히 채워진 책과 만났다. 처음에는 책이 있어서 읽었고, 그다음은 책이 좋아서 읽었다. 책에서 만난 사람들은 생계로 바쁜 부모님을 대신해, 말벗이자 선생님이 되어 주었다.

어릴 적에 아빠는 아무리 바빠도 한 달에 한두 번 읍내에 있는 서점에 나와 동생들을 데리고 갔다. 읽고 싶은 책 두세 권을 고르게 해 사주셨고, 책을 받은 나는 마치 부자가 된 듯 신나게 이야기 속으로 빨려 들어갔다. 언제까지 이 이벤트가 이어졌는지 기억나지는 않지만, 빠듯한 살림에도 책을 사주는 일이 최소한의 책임이자 의무라고 생각했던 아빠가 새삼 고맙다.

책에서 만나는 이야기는 마치 잔잔한 호수에 돌멩이를 던지는 것 같았다. 작은 녀석이 가슴에 '퐁'하고 떨어지는 순간, 내면의 파동은 어마어마하다. 몰랐던 세상을 하나씩 탐험하고 다른 이의 삶을 살아보기도 했다. **호기심과 지식에 대한 갈망, 자유에의 욕구를 채워가며 내 세상이 조금씩 넓어지는 기분은 정말이지, 환상적이었다.**

그런 경험 덕분에 자연스레 책과 이야기를 좋아하는 어른이 되었다. 문학 위주였던 유년의 독서에 심리학, 자기 계발, 실용서가 더해졌다. 크고 작은 삶의 위기가 닥칠 때마다 책을 열었고, 그때마다 책은 공감과 위로로 나를 토닥이며 일으켜 세웠다.

결혼하고 아이를 키우며 육아서와 아이들의 책이 더해졌다. 그림책과 영어 그림책, 동화책과 각종 만화를 접하며 마치 유년 시절로 돌아간 것처럼 행복해졌다. 신기한 것은 어릴 때 만났던 명작 전래동화가 다르게 읽히며 잊어버린 이야기를 다시 마주하게 된다는 것이다. 창작 그림책은 또 어찌나 재미있는지, 우리나라는 물론 세계의 멋진 그림책을 읽을 때마다 반해버린다. 어떻게 짧은 책 한 권에 가슴을 울리는 다정한 이야기를 담아놓았는지, 아주 기가 막힌다. 함축된 표현과 감각적인 그림은 또 어떻고, 사람의 마음을 사로잡기 충분하다.

이 재미를 알게 된 것은 순전히 아이들 덕분이다. 아이들과 함께하는 시간에 몰입했더니 그림책이 똑똑, 마음의 문을 두드렸다. 아이들 읽어주려고 그림책을 고르다가 새로운 세계를 알게 되었고, 아기의 언어발달을 찾아보다가 영어 그림책의 세계에 퐁당 빠져버렸다.

어른이나 아이나 이야기에 빠지는 순간은 그리 길지 않다. 하루에 한 권, 15분이면 충분하다. (물론 재미있는 책은 한 장면씩 뜯어보느라 한두 시간이 훌쩍 지나가지만) 식사나 간식 시간 전후로 아이들과 식탁에 둘러앉아 책을 읽다 보면 한 권이 두 권 되고, 두 권이 세 권 된다. 그러다 마침내 커다란 책 탑이 되고 마는 일이 다반사다.

아이가 고른 그림책을 읽어줄 때마다, 아이의 눈은 반짝반짝 빛나고 그 모습을 보는 내 마음도 일렁인다. 약속이나 한 듯, 책 속의 한 장면에서 멈추고 그 안으로 들어가 한참을 재잘대며 이야기를 나눈다. 여기에 "나라면 어땠을까?" 상상과 질문을 더하는 순간, 책 놀이와 하브루타 수업이 되고 때로는 인문 철학 수업이 되기도 한다.

엄마가 그림책으로 일을 하니 아이들이 좋겠다는 말을 종종 듣는다. 아니, 사실 최고의 수혜자는 바로 나다. 그림책을 열 때마다 유년의 내가 지금의 나에게 자꾸 말을 걸어온다. 책장을 넘기다 유난히 마음에 닿는 장면에서 멈춰, 그 이유를 찾는다. 가슴속에 덮어둔 사건과 묵은 감정을 떠올리게 하는, 나만 아는 그 이유 말이다.

다른 사람은 괜찮은데 유독 나에게만 불편하게 다가오는 장면도 마찬가지다. 보이지 않는다고 없는 것이 아니다. 평소에 인지하지 못해도 분명 존재하는 것이 있다. 가슴 깊이 묻어두었다고 착각하지만, 어떤 기억은 불쑥 찾아와 나를 괴롭힌다. 억눌린 자아와 해결되지 않은 수많은 과제를 마주하며 감정을 토해내고 눈물도 많이 흘렸다.

언제부터인가 그 마음이 궁금해 한참을 들여다보았고, 마음 하나하나에 이름을 붙이기 시작했다. 그 열망을 따라가다 보니, 자연스럽게 그림책 심리학을 만났다. 덕분에 아직 자라지 않은 내 안의 나를 마주한다. 내면을 탐험하는 이 여정은 때때로 괴롭지만 멈출 수 없다. 살면서 한번은 제대로 직면해야 한다는 걸 알기 때문이다. **그래도 너무 걱정하지 말자. 처음은 쓰리고 아파 주저앉겠지만, 조금씩 단단해지니까.**

내 마음을 치유하며 내면의 힘을 찾아가는 순간이 경이로웠고, 이 경험을 나누고 싶어서 날마다 그림책을 고르고 사람들을 만난다. 그림책에 기대어 마주 앉은 이에게 질문을 던지면 말문이 터져 이야기가 술술 나온다. 지금까지 어떻게 참아왔나 싶을 정도로.

나를 안아주고 다시 누군가의 마음에 닿는다는 것은 참 귀한 경험이다. 덕분에 마음이 편안해졌다는 소감을 들을 때마다 뿌듯하고 감사하다. 하염없이 흔들리는 나도 세상에 쓰임이 있는 존재라니. 늦은 밤까지 그림책을 수십 번 뒤적거리며 고민하고 준비한 시간은 까맣게 잊어버리고 보람만 남는다. 그 마음이, 다시 책장 앞에 서게 한다. 내가 해줄 수 있는 일은 최적의 그림책을 찾는 일, 함께 읽고 질문하고, 가만히 들어 주는 일, 그게 전부다.

아이들에게 읽어주려고 시작한 그림책 시간이 길어지면서 이제 반대로 아이들이 나에게 그림책을 골라주기도 한다. 때로는 자기 생각은 이런데 엄마는 어떻게 읽었냐고 궁금해한다. 그때마다 부쩍 자란 아이들의 모습이 낯설지만 기특하다. 함께 성장한다는 것이 이런 것일까.

책으로 빼곡한 나의 책장과 어린이 자료실을 뒤적거리며 아이들을 생각한다. 그리고 함께할 사람들을 떠올린다. 누구누구에게 꼭 맞는 그림책이 반드시 있을 거라 믿고 찾는 내 모습이 어떨 때는 너무나 자연스러워, 소름이 돋는다. 마침내 찾았나 보다. 나에게 꼭 맞는 자리를. 그리고 이곳에서 만들어 갈, 나에게도 좋고 너에게도 좋은 일, 나아가 세상에도 좋은 일을.

어느덧 잠자리에 들 시간, 아이는 아쉬운 듯 책장을 덮는다. 누워서도 이야기를 들려달라고 몇 번이나 조르면 피곤한데 내심 좋아서 웃음이 나온다. 못 이기는 척 입을 열어 오늘 만난 그림책과 일상이 적절히 섞인 이야기를 만든다. 어디서 들어본 것 같은데 어디로 튈지 모르는 상상 이야기를 같이 만들다가 아이는 금세 잠이 든다.

어찌 보면 별일 없어 보이는 평범하고 소박한 일상에서, 그림책과 이야기가 있어서 참 다행이다. **이야기와 노는 시간은 즐겁고, 이야기와 함께 꿈꾸는 시간은 아름답고 가치 있다.** 그 힘으로 아이들과 일상을 채우며 다시 내일을 준비한다. 이 세계를 알게 해준 아이들에게 고마움을 전하며. 덕분이야 내 사랑 가을씨, 겨울씨. 오늘도 기쁜 마음으로 이야기를 만나러 가자.

3

하루 15분,
숨을 크게 쉬는 시간

"엄마. 나 할머니, 할아버지 선물 준비할래요. 그런데 아무리 생각해도 뭘 사야 할지 모르겠어. 그러니까 엄마가 도와줘요. 같이 문구사 가서 고르자, 지금."

"벌써? 추석이 한참 남았어. 일주일 있다가 가면 어때?"

"아니, 그때 가면 선물이 없을지도 모른다고. 엄마는 저번에도 다음에 가자고 했는데, 왜 또 다음에 가자고 해요? 지금 가야지. 미리미리 준비해야 한다고!"

참 나, 미리미리 하라니, 요즘 이틀마다 벼락치기로 마감하는 나에게 딱 필요한 지침이 아닌가. 뜨끔한 속내를 들킬라 작업하던 손을 멈추고 후다닥 머리를 매만지고 나간다. 한참 동안 문구사를 구석구석 훑어보고 천 원짜리 공기 두 개를 샀다. 집으로 돌아오는 길, 저 멀리서 아이를 부르는 소리가 들린다.

"야, 장겨울! 어디 가?"

"안녕, 김봄, 잠깐만! 엄마 나 놀이터에서 조금만 놀다 갈게. 이거 안 떨어지게 조심해요."

아이는 방금 산 선물을 내 가방에 쏙 넣고는 친구를 향해 달려간다. 손을 흔들며 유유히 사라지는 아이, 어느새 아이는 혼자 집으로 돌아올 수 있을 만큼 자랐다. 이 기회를 놓칠 리 없는 나는 스트레칭을 하며 달리기 앱을 켠다. 달려볼까, 아니, 천천히 걷자.

벌써 해가 지고 있다. 딱 15분만 걸어야지. 시끌시끌한 놀이터 주변으로 크게 한 바퀴를 돌고, 단지 밖으로 나가 오르막을 걷기로 했다. 얼마 움직이지도 않았는데 헉헉 소리가 난다. 아, 역시 문제는 체력이다. 누가 보면 한라산 등반이라도 하는 줄 알겠다.

다시 내려오는 길. 석양에 가로수가 반짝인다. 초록빛 잎사귀와 지는 햇살의 완벽한 조화에 눈이 부시다. **해와 물결이 만들어 내는 한낮의 윤슬과 다른 도시의 노을. 움직일 때마다 이파리 사이사이로 햇살이 비치는데, 마치 나를 축복해 주는 것만 같다.** 너무도 익숙해 나도 모르게 발이 움직이는 내리막길을, 햇살 샤워하면서 천천히 달려간다.

앞에서 햇살이 반겨주고 뒤에서 바람이 밀어주는 다정한 시간, 어느 영화 속 한 장면처럼 빛과 풍경이 사르르 흩어진다. **"준비됐지? 지금은 프롤로그야. 이 영화의 주인공은 너야. 뭐든 하고 싶은 대로 하렴. 다 괜찮아."** 마치 속삭이듯 응원하는 자연의 기운이 나를 충만하게 한다. 왠지 앞으로의 내 삶은 행운이 가득할 것만 같다.

늘 이렇게 걷고 달릴 수 있었던 것은 아니다. 특히 아이들이 어릴 때는 혼자 밖으로 나오는 건 상상조차 하지 못했다. 분리불안을 크게 느꼈던 둘째 아이가 엄마와 조금이라도 떨어지면 앙앙 울어댔으니까. 2020년, 어느덧 마흔, 살기 위한 운동을 하기로 마음먹었을 때, 아이들은 일곱 살, 다섯 살. 이 정도면 잠시 자리를 비워도 괜찮을 줄 알았다. 아이들이 유치원에 가면 운동을 해야지, 비 오는 날은 아파트 피트니스 센터에 가야지, 행복한 상상을 했다.

그렇지만 코로나가 왔고 종일 집에 머무르면서 아이들은 엄마에게 더 매달렸다. 남편에게 맡기고 운동하러 가면, 채 15분도 되지 않아 영상통화가 걸려 왔다. 눈물 콧물이 뒤범벅된 아이가 화면에 커다랗게 뜨면, 깊은 한숨을 토하며 주섬주섬 짐을 챙겨 돌아오곤 했다.

한 시간, 아니 30분이면 되는데, 나도 좀 살고 싶은데, 그 시간조차 허락되지 않는 건가, 분하고 답답했다. 아이를 안심시키려고 영상통화를 걸었을 남편에게 서운하고 화도 났고, 한편으론 우리 아기, 15분이나 버텼구나 싶어 안쓰럽고 짠한 마음도 올라왔다.

먹고 자고 씻는 기본적인 일조차 마음 놓고 할 수 없는 엄마의 자리에서 나는 때때로 좌절했다. 졸리고 피곤하고 속상했다. 겨우 루틴이 만들어졌다 싶으면 보란 듯이 번번이 깨졌고, 하루 중에 그 어떤 시간도 내 마음대로 움직일 수 없었다. 결국 혼자 하는 운동이 사치임을 깨닫고, 다 같이 산책하거나 방방 보드 위에서 틈만 나면 걷고 뛰며 몸을 움직였다.

아이들의 성장에 맞춰 엄마의 시간도 계속 달라졌다. 나만의 움직임이 가능해진 건 첫째가 아홉 살, 둘째가 일곱 살 반이 되어서다. 잠시 마트에 다녀오는 것이 가능해지니 조금씩 시간을 늘려보았다. 15분, 30분, 한 시간, … 지금은 1박2일 동안 아빠와 지내는 것도 익숙해졌다. **이렇게 신기할 수가, 지나갈 것은 다 지나간다더니 그 말이 맞았구나. 이제는 엄마가 엄마의 시간을 보내는 동안 아이들도 자기만의 세계에서 바쁘다.**

어느 토요일, 남편은 오랜만에 출근했고 아이들은 일찍 일어나 하루를 시작했다. 아점을 먹고 책에 빠진 아이들, 저 작고 커다란 우주에서 무슨 일이 벌어지고 있을까, 따뜻한 시선을 의식한 아이가 말을 걸어온다. 고양이처럼 초롱초롱 눈을 크게 뜨고.

"엄마, 초콜릿 시리얼 먹고 싶어. 이거 계속 읽고 싶은데, 엄마가 사다 주면 안 돼요? 네?"

"나도! 나도 시리얼! 한 달에 두 번 먹는 날, 오늘로 하자."

두 아이 다 아토피가 있어서 과자를 최대한 안 먹이고 있지만 먹고 싶은 건 어쩔 수 없다. 한 달에 두 번 원하는 날에 먹기로 했는데, 그날이 바로 오늘이다.

못 이기는 척 장바구니와 휴대폰을 챙긴다. 돌아올 시간을 대략 일러주고 운동화를 신는데 웃음이 난다. 아침에 온라인 수업이 있어서 아직 산책을 못했는데 잘됐다. 아이들은 이제 엄마가 없어도, 울지 않는다. 아니, 오히려 더 좋아하는 것 같기도 하다. 이대로 얼마간 잘 지낼 거라는 믿음이 있기에 주저 없이 집을 나선다. 아, 이런 날이 올 줄이야.

계단으로 내려가는 발걸음이 가볍다. 공동 현관문을 열자, 시원한 공기가 훅 들어온다. 팔다리를 크게 움직여 몸을 풀어주고, 하나, 둘, 셋, 넷, 눈을 감고 숨을 깊이 들이마신다. 잠시 참았다가 다시 하나, 둘, 셋, 넷, 입으로 길에 내쉰다. 종종거리듯 분주한 하루는 숨 가쁘게 겨우 버티는 것 같다. 하지만 이렇게 숨을 크게 쉬면 하루를 겨우 버티는 게 아니라 살아 있다는 느낌이 든다. 지금 여기에 나는 생생히 살아 있다.

오늘의 첫 외출, 하늘은 파랗고 눈이 시리도록 깊고 청명하다. 그 하늘 아래 꽃과 나뭇잎이 쉴 새 없이 바람에 흔들리며 존재를 증명한다. '미영아, 나를 봐, 흔들려도 괜찮아, 다 괜찮아, 너는 그냥 너야. 너다운 모습으로 마음껏 흔들리고 세상을 탐험하렴.'

고마운 가을 풍경 속에서 크게 숨을 쉬며 내가 존재함을 느낀다. 이 선명한 순간만큼은 누구도 부럽지 않다. 하루 15분이면 충분한, 엄마의 산책을 즐기며 오늘의 숨을 담는다.

야, 너도 밥할 수 있어!
너의 요리 시간

우리 집 주방은 그리 깔끔하지 않다. 온 가족이 요리하기 때문이다. 평일에는 주로 내가 식사를 준비하지만, 주말은 남편 담당이다. 게다가 아이들은 출출할 때마다 냉장고 속 재료를 적절히 조합해 자기 나름대로 간식을 만들어 먹기도 한다.

물론 나의 세 남자는 요리하면서 정리까지 하지는 않는다. 중간중간 치워가면서 하면 좋을 텐데 왜 그게 잘 안 되는 걸까, 처음에는 답답했다. 아이들은 하나씩 가르쳐준다고 해도 남편을 보면서는 늘 갸웃거렸다. 재료를 준비하고 불에 올린 다음, 준비할 때 썼던 그릇을 물에 담그거나 바로 씻어버리면 될 텐데, 양념도 쓰고 나서 바로 제자리에 넣으면 편할 텐데.

요리에서 치우기까지는 멀고 먼 여정이다. 짜장면 하나만 끓여도 스프와 면발 부스러기가 곳곳에 떨어져 있고, 다음날까지 봉지도 그대로다. 가끔 기름진 요리를 하면 가스레인지 주변에 사방으로 튀는데 언제 닦을지 기약이 없다. 몇 번 이야기했으나 변화는 없고, 그러다 못 견딜 지경이 되면, 결국 내가 치우게 된다.

이런 답답한 상태가 계속 반복되면 가끔은 부글부글 화가 난다. 그럼에도 주방을 공유할 것인가, 아니면 그냥 내가 하는 게 낫나, 때때로 결단의 순간이 찾아오는데, 그럴 때마다 나의 대답은 언제나 "예스!"이다. 왜냐하면 주방을 모두의 공간으로 만들고 싶기 때문이다.

먹고사니즘을 빼고는 결코 논할 수 없는 것이 우리의 삶이다. 하루 두세끼와 간식, 야식과 특식을 골라 준비하고 먹고 치우기까지, 먹기 위한 시간이 일상에 얼마나 많은 부분을 차지하고 있나, 헤아려 보면 놀랄 정도다. 나는 기꺼이 주방을 내어주고 생에 반복되는 시간을 추억으로 촘촘히 채우고 싶다. 엄마의 집밥도 좋지만, 아빠의 집밥, 아들의 집밥도 충분히 훌륭할 수 있음을 증명하고 싶다.

남편은 면 요리를 기가 막히게 잘한다. 눈대중으로 물을 계량하고 소스와 재료를 이것저것 넣어보는 나와 달리, 봉지 뒷면에 빼곡히 적힌 조리법을 한결같이 준수한다. 그는 이미 알아버린 것이다. 수많은 연구개

발 끝에 만들어진 최고의 요리 비법이 '표준 레시피'라는 걸 말이다. 그렇게 만들어진 각종 라면과 짜장면, 칼국수의 맛은 내 것보다 훨씬 낫다.

식사를 준비하는 상황이 늘어가자, 면을 넘어서는 요리가 등장했다. 도구 마니아인 그는 적절한 기구를 사용해 요리를 발전시켰다. 첫째 아이 이유식 후기에는 고급 영양죽을 만들겠다며 죽 마스터를 몇 달간 잘 썼고, 이어 압력 찜기와 레인지용 찜기, 실리콘 용기를 활용하며 신세계를 맛보여 주었다. 점점 쉽고 간편한 방법을 찾아 진화하는 모습을 목격하게 된 것이다.

면 요리만 잘했던 남편은 이제 뭐든 할 수 있다는 자신감이 생겼다. 재료를 손질해 찜기에 넣거나 전자레인지를 활용해 백숙과 수육도 척척 만든다. 가족 모임에서 참치회와 매운탕도 가끔 선보인다. 먹고 싶은 음식이 생각나면 바로 검색해 재료를 준비하고 일단 도전해 본다. 아내와 아이들의 호응에 신이 나고, 신이 나니 더 열심히 요리한다. "일단 해봐야지, 아니면 말고." 그 도전정신에 나는 힘껏 박수를 보낼 준비를 한다.

아이들은 대부분 호기심에 주방으로 오기 시작한다. 처음에는 엄마가 요리하는 동안 바닥에 앉아 주걱과 냄비를 가지고 놀지만 금세 자라, 바닥을 벗어난다. 그때마다 쉬운 미션을 하나씩 주었다. 처음에는 재료와 놀거나 자기 그릇과 수저를 직접 고르는 일이었다. 그다음 두부를 자르거나 채소를 씻고 툭툭 찢는다. 직접 썰어낸 재료를 냄비에 넣거나 샐러드 볼에 담고 휘휘 저어 섞는 간단한 활동만으로도 어찌나 좋아하던지.

방울토마토 꼭지를 다 떼어냈을 때, 옥수수 껍질을 다 벗겼을 때도 기억난다. **미간을 찌푸리며 집중하다가 얼굴이 환해지던 그 순간에 아마도, 성취감을 맛보았으리라.** 그리고 아이의 말에 의하면, 쌀 씻는 시간은 정말 끝내준다. 아래로 가라앉은 쌀을 조물조물 만지다 손에 길어 올리면, 쌀알이 손가락 사이로 사르르 빠져나가는 느낌이 좋단다.

도구도 점점 발전해, 플라스틱 빵칼에서 과도로 바뀌었다. 개성 있게 잘린 재료를 보면 흐뭇한 웃음이 난다. **마냥 귀엽고 서툴던 움직임이 조금씩 정교해질 때마다 아이가 부쩍 자랐다는 걸 느낀다.** 물론 정리 정돈은 아직도 내 몫이지만, 점점 나아질 테니 괜찮다. 처음이 있어서 지금이 있기에, **특별하지 않아도 작은 경험과 성취의 기회를 충분히 주고 싶다.**

요리하는 동안, 다양한 재료들이 어디에서 어떻게 오게 되었는지도 설명해 준다. 땅과 해, 바람과 비, 자연의 시간, 씨앗을 관리하는 사람과 농부, 유통, 판매하는 사람들, 하나라도 빠지면 식탁까지 올 수 없다는 것을 아이들은 이제 안다. 그러니 감사해야 한다는 말도 덧붙인다. **까맣게 잊어버릴지도 모르지만, 어느 날 문득, 이 순간이 떠오르면 좋겠다.**

아이는 가끔 '스페셜 요리'를 준비한다며 써도 되는 재료를 다 꺼내 달라고 한다. 비밀이라며 나를 주방에서 내치고 한참을 썰고 섞어 예쁘게 담아내고는 "짜잔!"하고 완성된 요리를 보여준다. 양손으로 엄지를 들어 감탄하는 엄마의 모습에 쑥스러워 얼른 사진으로 남긴다. 지금까지 난감한 요리가 몇 가지 있었지만, 대체로 괜찮고 어떤 요리는 기발하기까지 하다. 사실 먹을 수 있는 재료의 조합이기 때문에, 결코 실패할 수 없는 과정이다.

요리를 정해 함께 장을 보고, 재료를 다듬어 썰고, 양념을 섞어 다시 새로운 양념을 만들고, 비비고 휘젓는 일련의 활동이 즐겁다. **누가 해주는 요리도 좋지만 내가 주체가 되는 경험은 즐거움을 넘어 보람과 희열을 느끼는 일이다. 말하자면 예술적, 창조적 경험이랄까.**

먹는 것이 중요하다는 것을 알기에 오히려 밥에 목메고 싶지 않다. 잠시 집을 비우더라도 남자 셋이 알아서 밥도 잘 차려 먹고, 엄마 없는 시간을 즐길 수 있으면 좋겠다. 그 바람으로 하나씩 공유했더니, 지금은 하루 이틀쯤 엄마가 없는 상황도 익숙하다. 물론 돌아오면 폭풍이 지나간 듯한 공간을 마주하지만, **이제 적어도, 억울하지는 않다.**

집마다 신을 보낼 수 없어서 어머니를 보냈다는 이 말이 참 거슬렸다. 엄마는 가족을 위해 존재하는 신을 닮은 사람이 아니라 한 식구다. 한 사람이 참고 희생하는 시대는 지났다. **그러니 모두에게 기회를 주자.** 준비도, 먹고 치우는 것도 함께 하자. 시작은 미약하고 과정은 지난하지만, **마침내 균형을 잡을 수 있으리라. 한 사람도 소외되지 않고.**

가장 맛있는 음식이 어머니의 요리 하나가 아니라 아빠의 무엇, 아들의 무엇이면 어떨까, 엄마라서 당연히 잘해내야 하는 일이 아니라 가족 누구라도 해 보면 가능한 일, 할 만한 일, 어쩌면 엄마보다 더 잘할 수 있는 일, 그게 밥이다.

요리하는 아빠와 아이들의 웃음으로 주방이 가득 채워지면 좋겠다. 재미와 성취감도 느끼고 누군가의 수고로움도 알아가고, 그렇게 서로에 대한 소중함과 감사함이 커졌으면 좋겠다. 그러니 엄마들이여, 한 사람 한 사람의 요리 시간을 위해 기쁘게 주방을 내어주자. 우리 모두 다, 밥할 수 있다.

(5)

잔잔하고 우울한 일상에
노래 한 곡

노래를 좋아했다. 〈가요 톱 텐〉에서 음악이 흘러나오고 무대에 선 가수들의 모습을 볼 때면, 나도 모르게 몸이 움직이며 노랫말이 튀어나왔다. 화면에 시선을 고정한 채 리듬을 타고 있으면 엄마는 피식 웃곤 했다. 아빠는 예술가는 가난하니 음악, 미술은 제발 하지 않았으면 좋겠다고 신신당부했다. 소소하게 재능과 노력을 인정받을 때마다, 하면 안 되는 거라고 자체 검열하며 타인의 시선을 의식했고, 노래도 그림도 점점 가슴속에 묻어갔다.

그러다 우연히 노래방을 가게 되었고, 이내 빠져들었다. 학생에게 놀일이 뭐가 있겠는가, 착한 아이 옷을 입은 모범생, 음미체 딴따라를 좋아하지만, 티 내는 것이 두려운 나에게 그곳은 신세계였다. 하교 후 동아리 친구들과 함께 시장에서 김떡순으로 배를 채우고 노래방으로 향했다. 마음껏 소리 낼 때마다 사춘기의 억눌린 자아가 툭툭 터져 나오며 해방감을 느꼈다. '나도 힘들어, 숨이 막힌다고.'

노래방 라이프는 한동안 계속 이어졌다. 대학 생활을 하면서, 사회생활을 하면서 회식의 종착지는 늘 그곳이었고, 답답할 땐 약속이나 한 듯 친구들과 맥주를 마시고 노래를 불렀다. 어느 과장님이 노래방 집 딸이냐고 물을 정도로 노래하는 순간을 좋아했다.

결혼하고 오지 않는 아이를 기다리다 퇴사를 감행하면서, 동시에 노래방도 막을 내렸다. 음악과 멀어진 건 아니었지만, 자연스레 곡이 바뀌었다. 태교에 좋다는 클래식과 명상 음악을 내내 듣고, 아이가 태어난 다음부터는 날마다 동요를 불렀다. 유행가는 하나도 모르지만, 괜찮은 노래가 들려오면 저금하듯 재생목록에 하나씩 채워 넣곤 했다.

그런 나에게 작은 불씨를 떨어뜨렸던 것은 1박2일 연구소 워크숍이었다. 조편성 의도가 궁금할 만큼 극 내향인 여섯 명이 모인 우리 조. 며칠간 그림책 심리 프로그램 발표 준비로 피드백이 오가고, 당일 마지막 회의와 발표까지 잘 마쳤다. 이어지는 시간은 생각지도 못했던 조별 노래자랑이다. 조장의 당황한 목소리가 들려온다.

"아아, 혹시 마이크 좀 잡아보셨던 분?"

"저는 아니에요.", "저도요.", "저도 노래는 좀."

"어떡해요, 우리 그냥 하지 말까요?"

다들 손사래를 친다. '그래도 기권은 아니지. 내가 손을 들까?', '아니야, 그건 민폐야. 노래 안 부른지, 10년도 더 넘었어. 감기 걸려서 목소리도 안 나오면서, 창피하지 않겠어?' 마음속에 깊숙이 자리 잡은, 잊고 있던 나의 욕망과 초자아가 실랑이를 벌인다.

"저, … 제가 할게요. 대신 같이 크게 불러 주셔야 해요."

무대에 올랐다. 떨리는 목소리로 〈나는 나비〉를 불렀다. 역시나 목소리는 거칠고 중간중간 음정도 놓치고 난리가 났지만, **그래도 점 하나는 찍었다. 그래, 후련하고 뭉클한, 이 느낌이야. 이게 뭐라고 눈물이 찔끔 났다.** 결국 우리는 발표와 여러 활동을 합산해 1등 조에 뽑혔다. 알고 보니 내향인들끼리 뭐든 해 보라는 교수님의 의도였는데 그게 나에게 노래로 영향을 미칠 줄은 꿈에도 상상하지 못했다. 우연처럼 보이지만 우주가 정교하게 계획한 '필연'인 것 같았다.

목소리 해방 몇 달이 지나고, 작가 친구들을 축하하는 자리가 있었다. 편안하게 노래를 부를 정도의 목 상태는 아니었다. **하지만 현재에 대한 염려보다 어쩌면 잃어버릴지도 모르는 목소리에 대한 절실함이 더 컸다.**

지난여름의 지독한 코로나, 올해 질기도록 떨어지지 않던 목감기와 독감을 앓으며 한동안 불안과 두려움을 크게 느꼈기 때문이다.

목소리가 돌아오지 않으면 어떡하지, 이럴 줄 알았으면 쌩쌩할 때 더 많이 부를걸, 녹음이라도 해둘걸, 아쉬움이 물밀듯 몰려왔다. 그 순간 문득, 아이들이 떠올랐다. "엄마도 그림 그리고 노래 부르는 거, 좋아했었어."라고 과거형으로 고백할 것인가?

아니, 후회하고 싶지 않아, 손을 들었다. 그날부터 스스로 매니저를 자청하며 날마다 목 상태를 점검했다. 스카프를 하고 1~2주는 커피도 끊어버렸다. 대신 생강차와 미지근한 물을 자주 마시고 몸을 따뜻하게 했다. 잠도 푹 자고 성대 마사지도 하고 틈틈이 몸을 움직이다 보니 문득, 이건 목 관리가 아니라 '몸 관리'라는 걸 깨달았다.

그날 축하 무대에서 다정한 친구의 기타 반주에 맞춰 노래를 불렀다. 솔로 한 곡, 함께하는 노래 한 곡. 쑥스러워 눈을 어디에 둬야 할지 몰랐고, 목소리는 떨리고 가늘어졌다. 하지만 뿌듯하게 가슴이 벅차오르면서 눈물이 아른거렸다. 아, 다음에는 더 잘할 수 있을 것 같아.

글을 쓰는 지금, 올해 세 번째 무대를 준비하고 있다. 처음은 우연이었고 두 번째는 기회라 생각했고, 세 번째는 그저 자연스럽게 다가왔다. 읽고 쓰는 일상에 재생목록 하나가 더해졌다. 〈2023 노래하는 앤디〉에 부르고 싶은 노래와 듣고 싶은 노래를 하나씩 담는다. 이제 〈글이 술술 써지는 클래식 음악〉이나 〈집중력을 높이는 백색소음〉은 잠시 접어둔다.

나의 작년 보물 지도에는 가수 박정현 언니가 노래하는 모습이 담겨 있다. 친구들과 즐거운 이벤트를 하는 장면, 밝은 가족의 모습, 자연에서 쉬고 여행하는 소망도 함께. 아이들은 왜 아직도 2022년이냐고 묻지만, 여전히 유효하다. **꿈은 그대로니까, 언제 이루어져도 좋으니까.**

이젠 나의 그 작은 소망과
꿈을 잃지 않기를
저 하늘 속에 속삭일래

재생목록에서 보아와 볼빨간사춘기의 〈아틀란티스 소녀〉가 흘러나온다. 호기심 어린 눈으로 늘 세상을 궁금해하고, 더 넓은 세계로 나가고 싶었던 소녀들, 지금은 엄마라는 이름으로 잃어버린 시간을 찾으려 애쓰는 무수한 사람을, 난 알고 있다. 그들의 꿈은 생명력이 사라진 것이 아니라 여전히 꾸물꾸물 진행되고 있다는 것도 말이다.

친애하는 나의 아틀란티스 아줌마들이여, 지친 일상에 노래 한 곡을 더 하자. 두근거리는 노랫말을 흥얼거리며 우리의 작은 소망과 꿈을, 함께 저 하늘에 속삭이자.

$$6$$

담백하고 무해한 나의 쓰기 시간

날마다 글을 쓴다. 일상의 자잘한 사건을 기록하는 짧은 일기를 쓰기도 하고, 어떤 날은 정리되지 않은 상념을 털어놓느라 쓸데없이 길기도 하다. 어느새 쌓이고 묵힌 글이 제법 된다. 이걸 어떻게 정리해야 할지 미리 계획하지는 않았지만, 일단 쓴다. 계속 쓴다. 왜? 나는 쓰는 사람이니까.

기쁘고 고마운 날, 지치고 힘든 날의 이야기를 꺼내 하나씩 펼쳐 놓다 보면 가슴 속에 엉킨 수많은 감정이 올라온다. 기쁨과 행복, 분노, 수치심과 자괴감, … 정리되지 않은 마음이 툭툭 튀어나올 때면 때로는 부끄럽고 억울한 마음에 주체할 수 없이 눈물이 난다. 그러다가 **마음이 조금씩 정돈되면서 마지막에 느끼는 가장 큰 감정은 아마도 해방감일 것이다.**

가슴 한구석이 뜨끈해지고 후련하다가 마침내 편안해지는, 그 순간을 사랑한다. 따뜻한 에너지가 차오르면서 조금 더 괜찮은 내가 되는 순간을 말이다.

남편이 쉬는 어느 금요일, 수업이 끝나고 같이 늦은 점심을 먹기로 했다. 아이들은 기분 좋게 등교했고, 어쩌다 수업은 취소되었고, 늦게 퇴근한 남편은 쿨쿨 자고 있다. 잠시 고민하다 노트북을 챙겨 조용히 나왔다. 교복처럼 입는 롱스커트 말고, 청바지에 하얀 티셔츠, 백팩에 운동화다. 당장 어디로든 갈 수 있을 만큼 발걸음이 가볍다. 코로나 시대와 함께 군데군데 붙은 살이 여전히 느껴지기는 하지만, 뭐 이만하면 좋아. 갑자기 생긴 여유시간 덕에 신이 난다.

좋아하는 카페를 향해 걷는 길, 담장을 따라 노란 꽃이 흐드러지게 피었고, 하늘에는 어린아이 손으로 뜯은 듯한 솜사탕 구름이 흩어져 있다. 카페에 들어서는 순간, 싱그러운 초록이 나를 반긴다. 더하기 원목 가구라니, 환상의 조합이다. 공간의 분위기가 마법처럼 한순간에 내 마음을 편안하게 만든다. 주인의 따뜻한 미소에 미소로 화답하며 아메리카노, 크루아상 세트를 주문했다. 신도시는 정들만 하면 바뀌는 가게가 수두룩하지만, 이곳만큼은 부디, 오래 가기를 바라는 마음을 가득 담아.

자리로 돌아와 얼른 노트북을 열어 쓴다. 일단 쓴다. 계속 쓴다. 가슴 속에 엉킨 이야기들이 기다렸다는 듯 신나게 튀어나온다. 이 순간, 온몸으로 만들어 내는 이 리듬, 하얀 백지에 차곡차곡 채워지는 까만 글자들. 그리고 후련한 내 마음. 아, 이보다 더 좋을 수는 없다.

날것의 초고 한 꼭지를 쓴 다음, 커피를 한 모금 마시며 주위를 둘러본다. 손님 한 명이 무언가를 쓰고 있다. 일기? 필사중인가? 혹시 작가일까? 나처럼 갑자기 여유시간이 생겨 글을 쓰러 온 것일까? 자기만의 세계에 푹 빠진 모습이 아름다워 잠시 상상의 나래를 펼쳐본다.

가을의 청명한 공기를 가득 머금은 바람이 불어오고, 창에 매달린 갈색 블라인드 손잡이가 좌우로 대롱대롱 흔들린다. 이내 구수한 커피 향과 갓 구운 빵 냄새가 훅, 몰려온다. 아, 행복해. 이런 생생한 감각이 사라지면 아쉬울지 몰라, 얼른 다시 손가락을 움직인다.

누군가 날마다 글을 쓰면 작가라고 불러도 좋다고 했다. 그렇다면 나는 작가다. 새벽에 일어나면 물을 한 잔 마시고 스트레칭을 한 다음, 바로 쓰기 시작한다. 메모장이나 노트에 비공개로 툭툭 담아놓기도 하고 블로그와 브런치에 공개용 글을 쓰기도 한다.

강의 원고나 써야 하는 글도 좋지만, 일상에서 만나는 소소함을 써 내려가는 것이 훨씬 재미있다. 언젠가 아무것도 하지 않고 실컷 읽고 쓰기만 하면 소원이 없겠다고 했지만, 얼마간 해 보니 일상의 '아무것'이 빠진 읽고 쓰기는 껍데기만 남은 것 같아 공허했다. 그래서 생활에서 벌어지는 작고 소중한 순간을 더 꼼꼼히 들여다보게 되었는지도 모른다.

내게 무얼 그리 쓰냐고 묻지만, 사실 일상은 쓸거리 천지다. 책을 읽다가 좋은 문장이 마음에 닿아 기록하고, 그림책 강의를 준비하다가 문득 떠오르는 생각을 적어 놓기도 한다. 문득 지인과 나누었던 재미있는 대화가 생각나 뒷이야기를 이어가고, 장 보러 가는 길, 산책하고 달리는 길 위에서 잠시 멈춰 떠오르는 단상을 붙잡는다.

지나가다 눈이 마주친 아이가 나에게 지어준 미소가 예뻐서 담아두고, 쌩하니 달려가는 공유자전거와 배달 오토바이를 보며 염려되는 마음을 기록한다. 아이러니하게도 그 순간, 카트에 기대 느릿느릿 걸어가는 할머니와 요양원 승합차가 보인다. 퍼뜩 연로한 부모님이 떠오르고, 이내 올라오는 뿌옇고 이상한 마음을 꾹꾹 눌러 기록한다. 뜨끈한 국수에서 올라오는 김처럼, 날아가 버리면 잡을 수 없는 이야기들. 나중은 모르겠고 일단 적어 놓자. 쓴 것이 있어야 고칠 것도 있으니까.

이따금 열어보는 메모장과 블로그가 알려주는 7년 전, 5년 전 오늘의 기록에서 생생한 이야기를 만난다. 아기였던 아이들과 초보 엄마의 좌충우돌하는 모습을 보고 있으면, 아련하고 뿌듯해 웃음이 나온다. 어제가 되어버린 무수한 오늘을 만나는 이 마음이 기록을 지속하는 힘이 된다. 그때의 기록이 애썼다고, 잘 살아왔다고 나를 토닥이니 기록을 멈출 수 없다.

글쓰기는 지친 나를 위로하고 내일을 꿈꾸게 한다. 기록으로 차곡차곡 쌓인 순간을 문득 돌아보면 무사히 여기까지 왔음에 감사하게 된다. 게다가 확실한 것 하나는, 쓰다 보면 나를 둘러싼 세상을 가까이서 보게 된다는 것이다. 동시에 희미했던 내 모습이 조금씩 선명해진다. 어떨 때 불안하고 편안한지 알게 되고, 나를 만나는 그 순간이 좋아 계속 쓰게 된다.

한참을 써 내려가다 보니 어느새 아이들이 돌아올 시간이다. 그러고 보니 아이들이 던진 보석 같은 말은 또 얼마나 많은지, 내 가슴을 두드렸던 그 말들이 기억 저편으로 사라지는 것이 아쉽다. 아마 엄마들이라면 다 공감할 것이다. 이만한 아쉬움이 올라온다는 건, 지금이라도 늦지 않았다는 거다. 얼른 기록하자. 기록은 기억보다 힘이 세니까.

사실 우리는 날마다 무언가를 읽고 쓴다. 가족과 친구에게 문자와 카톡을 보내고, SNS에 단상을 기록하거나 댓글을 남긴다. 어떤 이는 일기를 적어 내려가고, 메모를 남기고, 쪽글을 쓴다. 거창하거나 책으로 엮기 위함이 아니어도 모두가 읽고 쓰는 생활을 하고 있다.

그렇다면 우리는 모두, 작가가 아닌가? 일상의 순간을 수다로 풀어내듯 글자로 풀어내는 '생활 밀착형 작가' 말이다. 그러니 일상의 작가님들, 어서 글을 씁시다. 생생한 순간을 기록합시다. 문장이 어떻고, 표현이 어떻고, 잘 쓰고 못 쓰고 따지지 말고요. 가족과 세상을 원망하고 잔소리하는 시간에 쓰는 시간을 챙깁시다. 그냥 좋다니까요. 이 기분을 많은 엄마가 만끽할 수 있다면 좋겠습니다. 속는 셈 치고 한 번, 믿어봐요.

있잖아,
나는 이다음에 커서 말이야

"엄마, 나 이다음에 커서 뭐가 될지 고민돼. 화가도 되고 싶고, 요리사나 달리기 선수도 되고 싶어."

"그런 고민을 하고 있었어? 세 가지 다 해도 돼. 꿈이 하나만 있어야 하는 건 아니거든. 나중에 마음이 바뀌기도 하고. 일단 하고 싶은 거 먼저 하면 돼."

"그렇지? 그래서 나 화가 먼저 적고, 그다음 요리사를 적었어. 그런데 아빠는 한가한 프로그래머가 되고 싶다고 했고, 형아는 파일럿이나 프로그래머가 되고 싶다고 했잖아. 그럼, 엄마는? 엄마가 이다음에 커서 이루고 싶은 꿈은 뭐야?"

유치원에서 가져온 꿈 찾기 활동지를 넘기던 아이는 천진난만한 얼굴로 물었다. 앗! 저 반짝이는 동그란 눈, 진심이다. 숨을 크게 내쉬고 나도 진심으로 대답했다.

"으응, 엄마는 이다음에 커서 글 쓰고 그림도 그리고, 그림책을 읽어주는 할머니가 되고 싶어. 이야기를 나누면서 사람들의 마음을 위로해 주는 거지. 그러면 마음이 건강해지거든. 아무튼, 더 나은 세상을 만드는 사람이 되고 싶어. 그게 엄마의 꿈이야."

"엄마는 지금 작가잖아, 그리고 그림책 읽어주는 선생님이잖아. 좋겠다, 벌써 꿈을 다 이뤘네. 그럼, 할머니만 되면 되겠네?"

그렇다, 아이의 말처럼 아주 단순한 일 하나가 남았다. 이제 할머니만 되면 된다. 그냥 할머니 말고 건강하고 지혜로운 할머니, 꼰대 말고 다정한 할머니. 여전히 세상에 호기심을 가지고 긍정에너지를 내뿜으며, 항상 무언가를 배우고 도전하는 할머니 말이다.

어릴 때는 꿈이 곧 직업이라고 생각했다. 학교에서 해마다 나눠주는 자기소개서에 취미와 특기, 장래 희망 칸을 보며 늘 생각에 빠지곤 했다. 뭐든 보통은 하지만 뾰족한 특기 하나가 없어서 고민이었고, 계속 이렇게 막연한 꿈을 가지고 살아도 되나 싶어 불안하기도 했다.

그때는 세상이 얼마나 넓은지, 직업의 세계 또한 얼마나 다양한지 잘 몰랐기에, 선택의 폭이 그리 넓지 않았다. 나름 고민한 끝에 취미와 특기 란에는 글쓰기와 그림 그리기를, 장래 희망에는 선생님과 작가를 돌려쓰 곤 했다. 그때부터 진짜 좋아하는 일, 잘하는 일, 하고 싶은 일이 무엇인 지 알고 싶어 좌충우돌했다. 그러다 금세 졸업하고 취업하고 결혼하고 엄마가 되었다. **여전히 나를 찾고 싶어 애쓰는 두 아이의 엄마가.**

그래도 잘한 것이 하나 있다면, 20대 후반부터는 꿈을 조금씩 구체적으로 생각한 것이다. 단 하나의 직업이 아니라 여러 가지 모양을 생각했다. 가장 먼저 떠올린 것은, 행복하게 웃는 가족의 모습이었다. 경제적으로 어렵고 우울한 유년기를 보냈기에, 싱글이 아니라면, 안정적인 가정을 꾸리고 싶었다. **그렇다, 거의 모든 바람은 지극히 나의 결핍에서 온 것이다.** 일도 마찬가지다. 시간을 팔아 월급날까지 견디는 것이 아니라 자유롭고 가치 있는 일을 하고 싶었다. 그 일이 무언지 정확히는 몰랐지만, 자연스럽게 그 길로 향할 거라는 믿음이 있었다.

그래서일까, 신기하게도 그때 종이 위에 적힌 꿈은 거의 다 이루어졌다. 다정한 남편과 건강한 아이 둘을 만났고, 전혀 생각지 못했지만, 내 선택으로 시간을 쓸 수 있는 가치 있는 일을 하고 있다. 아이들 덕분에 그림책의 세계를 알게 되었고, 푹 빠져 읽고 나누며 깊이를 더한다. 좌충우돌 초보 엄마로 살아가는 모든 순간을 끄적이다 보니 좋은 사람들과 연결되고 작가의 꿈도 생겼다.

사실 마흔 정도면 경제적, 정서적으로 안정되어 흔들리는 일은 별로 없을 줄 알았다. 금세 큰 착각이라는 걸 깨달았지만 말이다. 마흔이 넘어도 보란 듯이 처음인 일들이 자꾸만 벌어져, 당황스러운 적이 한두 번이 아니다. 그때마다 삶에 서툰 나는 때때로 흔들리고 주저앉는다.

어쩌면 안정적이고 만족스러운 삶은 끝내 닿지 못할 파라다이스 같다. 잠시 만족하다가도 가지지 못한 것, 하지 못한 일을 아쉬워하는 것이 사람이다. 행복하고 싶지만, 그 갈망으로 오히려 눈앞의 행복을 놓치고, 오늘을 살지만, 결코 하루도 제대로 살지 못하는 아이러니, 이것이 우리가 살아가는 아주 평범하고 특별한 세계임을 깨달았다.

이렇게 기쁨과 좌절이 반복되고, 나이가 들어도 결코 쉬워질 수 없는 것이 인생이라면, 원래 인생이 그런 거라면, 기대도 실망도 버리기로 했다. 다만 있는 힘껏 오늘을 사랑하며 끝까지 살아보기로 했다. 후회 없이. 그것만이 내게 주어진 삶에 대한 예의니까.

첫째 아이가 다섯 살이던 어느 날, 한참을 레고로 엄마 집을 지어주고는 이렇게 말했다.

"공중정원과 워터슬라이드가 있는 집에 사는 우리 엄마는, 하얀 고양이를 키우고, 아이들에게 그림을 그려주고, 투명한 딸기 아이스크림을 나눠줘요."

그 순간을 잊을 수 없다. 아이의 눈에 비친 내 모습이 맑은 목소리에 가득 담겨 있다. 아이는 할머니가 되어도 우리 엄마는 지금과 다르지 않을 거라고 했다.

그날의 추억을 나누며 세상의 멋진 할머니들을 생각한다. 『미스 럼피우스』의 앨리스처럼 세상을 탐험하고, 다시 돌아와 씨앗을 뿌리고 나무를 심고 싶다. 자연의 내음이 가득한 곳에서 아이들에게 경이로운 세상 이야기를 들려주고 싶다. 꿈을 간직하되 '세상을 아름답게 만드는 일'도 잊지 말라고 전해주는 할머니가 되고 싶다.

지금 여기, 반짝이는 눈으로 엄마의 꿈을 궁금해하는 열 살, 여덟 살의 아이가 있다. 일곱 살에도, 그 이전에도 엄마를 호시탐탐 지켜보는 이 아이들은 나에게 찾아온 최고의 코치다. 분에 넘치는 관심과 사랑을 주고, 자꾸만 질문을 던져 진짜 내 모습을 찾아가게 하니까.

"엄마, 엄마는 작가잖아. 그런데 작가는 컴퓨터로 글을 쓰는 거야? 나도 글 쓰고 싶은데, 좀 빌려주면 어때?"

"으응, 그건 좀 곤란해. 이건 엄마의 보물 창고거든. 너도 어른 되면 돈 모아서 사."

"흥. 진짜 흥! 칫! 뿡! 이야. 엄마랑 안 놀아."

이런 일상의 작은 순간들 또한, 내 꿈의 일부다. 가만히 귀를 기울여 마음의 소리를 들으면 진짜 원하는 것이 무엇인지 알게 된다. 화기애애한 가정, 장난치고 삐치고 토라지고, 다시 웃으며 화해하는 장면. 20대 후반의 가난한 자취생이 반지하에서 생생히 그렸던 장면이다.

이 순간에도 꿈은 촘촘히 이루어지고 있구나, 나도 모르게 가만히 속마음을 말한다.

"있잖아, 엄마는 이다음에 커서 말이야, 지금처럼만 살아도 참 좋겠어."

4장

엄마도
혼자만의 시간이
필요해

김태리

$$\textcircled{1}$$

잃어버린 나를 찾아서

12월, 한 해가 가기 전 건강검진을 받았다. 공식적으로 주어진 자유시간. 늘 지루하고 정신없는 건강검진이었는데 이번엔 홀가분하고 신이 났다. 마지막 코스인 수면내시경을 할 차례, 수면제가 내 혈관을 통해 들어가면서 눈이 스르르 감겼다.

"아기 엄마! 일어나 보세요!" 한 간호사가 내가 있는 쪽을 바라보며 소리쳤다. 주변을 살펴보니 중년 이상의 어르신들로 가득했고 나 말고 아기 엄마라고 생각될 만한 분들이 없어 보였다. "네? 저요?" "네, 한번 일어나 보세요." 자리에서 살며시 일어났고 간호사의 지시대로 다시 자리에 앉았다. 그녀는 내가 아기 엄마라는 걸 어떻게 알았을까? 그냥 딱 봐도 이제 내 몸뚱이는 애 엄마인 걸까? 궁금증을 참지 못하고 간호사를 찾아가 물었다. "회복실에서 아기가 집에 혼자 있으니 빨리 가야 한다고 하시더라고요." 아, 그토록 원했던 자유부인이었는데, 몸은 떨어져도 맘은 한시도 아기 곁을 떠나지 못했다.

그래도 간만의 자유시간인데 건강검진만 하고 다시 집으로 돌아가긴 아쉬워 학창 시절의 추억 장소로 향했다. 익숙한 곳, 고향에 온 기분이었다. 한 겨울이지만 따뜻했고 마음이 푸근해졌다. 그렇게 표표히 걷다가 '열린송현'이란 곳을 만났다. 이곳은 '송현동'으로 조선 시대 소나무 언덕이었던 지역이다. 예전과 같은 장소, 지금은 다른 모습이 마치 날 닮은 것 같았다. 신기하게 예전의 그곳에 새롭게 들어선 광장은 낯설지 않고 자연스러웠다. 잘 다듬어진 광장에 홀로 서 있는 작은 소나무 한 그루가 얼마나 멋스러운지 한 폭의 동양화를 감상하는 기분이었다.

난 참 변덕스러운 사람인 걸까? 좀 전까지만 해도 나 같은 곳이라며 동질감을 느끼고 애정 어린 눈으로 보고 있던 그곳이 갑자기 다르게 느껴졌다. 사실은 부러웠다. 엄마가 된 나의 일상은 하루하루 전쟁 같았다. 즐거운 육아는 고사하고 반강제적으로 부여된 엄마의 삶에 완전히 지쳐 있었다. 하지만 '송현동'은 폐허 같은 세월을 지나 새롭게 광장이 되었고 본래 모습보다 더 평화롭고 또 신선했다. 이처럼 조선시대 소나무 언덕이었던 송현동에 세월이 지나 지금 다시 소나무를 심은 것처럼. **나도 다시 원래 나였던 모습을 찾는다면 어떨까?**

하루라도 빨리 육아에서 벗어나 원래의 내 일상을 되찾고 싶었다. 복직만 하면 자연스럽게 예전의 내가 될 수 있을 것 같았다. 하지만 일터로 돌아간 후에도 예전의 나로 돌아가지 못했다. 더 옥죄여 오는 내 삶에서 당장 벗어나고 싶었기에 기다림이 아니라 적극적으로 나를 찾아가기로 정했다. 그때부터였다. 내가 하고 싶은 게 뭔지. 내가 좋아하는 건 뭐였는지. 소소한 바람들이 생각날 때마다 메모하며 'bucket list'를 만들었다. 자신 있게 할 수 있는 요리 10가지 만들기, 필라테스, 그림 그리기, 영어로 대화하기, 노래 부르기, 악기 연주하기, 사진 잘 찍기, 뜨개질, 바리스타 자격증 따기, 메이크업 배우기 등등 내 상황을 고려하지 않고 순수하게 내가 하고 싶은 것을 거침없이 적었다. 잃어버린 내 모습으로 돌아가기 위해 'bucket list' 중 작은 것부터 하나씩 해보기로 했다.

'그래, 출퇴근 시간을 활용해 보자.' 나만의 시간은 회사를 오고가는 시간 말고는 따로 낼 수가 없었기에 하루 중 혼자 보낼 수 있는 유일한 이 시간을 정말 알차게 보내고 싶었다. 아이러니하게도 그동안 사람들에게 짜부라지고 치여서 너무나 싫었던 지옥철이 이제는 나만의 공간이 되었다. 지금, 이 순간이 아니면 할 수 없고 목적지에 도착하면 끝나기에 매

순간순간 절실했다.

그 간절한 마음으로 몇 가지를 해보고 또 이뤄내니 슬슬 자신감이 생겼다. 이제는 압사할 듯 밀려오는 사람들도 흔들리는 차량도 지하철 파업도 소음들도 모두 날 막을 순 없다. 그런 순간이 오히려 나를 더 치열하게 만든다. '그래, 나 이런 사람이었어!' 그동안 아기를 안으며 구부러진 어깨가 당당하게 펴졌다.

홧김에 그만,
나도 필라테스 도전

어느 날 퇴근 후 책상에 보이는 카드 매출전표 'xx 헬스장'… '아 남편이 헬스장에서 운동을 시작했네.' 나는 비싸서 생각지도 못했던 운동회원권. 나는 내 시간을 챙기기보다 아기 곁에 더 있어 주고 싶어서 나만의 시간을 포기해 왔는데, 나와는 달리 너무 쉽게 혼자만의 시간을 갖는 남편에게 야속한 마음이 들었다. '에라, 나도 모르겠다. 남들도 다 하는 데 나도 그동안 하고 싶었던 필라테스 한 번 해보자!' 욱하는 마음에 번갯불에 콩 볶듯 몇 군데 전화를 돌리고 주말에 결제했다.

시작 전 '이게 맞는 걸까?' 덜컥 겁이 났다. '홧김에 너무 충동적이지 않았을까?', '꾸준히 하지도 못할 수도 있는데 이렇게 몇 회권을 결제하는 게 맞나?', '그냥 취소할까?', '내가 과연 퇴근 후 운동할 시간이나 있을까?' 계속 의구심이 생겼지만 이미 저지른 뒤였다. 지난 1년 동안 거실 창문으로 기웃거렸지만 할 수 없었던 것. 지인들이 얘기할 때마다 궁금했던 것, 아기를 봐야 한다는 책임감에 부러워만 했던 것, 이왕 하기로 했으니 눈감고 일단 해보자고 마음을 다잡았다.

첫날 준비한 필라테스 전용 쫄쫄이 옷을 입고 전신거울 속 나를 마주 보니 무척이나 부끄러웠다. 가슴보다 더 나온 뱃살과 처진 엉덩이 나무같이 일자가 된 내 허리선. 센터의 환한 조명이 날 더 민망하게 했다. 알고는 있었지만, 빵점짜리 성적표를 보는 기분. 강사님도 같은 생각이었을까? 내 목적은 다이어트가 아니라 건강한 몸으로 돌아가고 싶었던 건데 조심스럽게 나의 중부지방에 관해 이야기하시고 슬쩍 다이어트 식단을 참고하라며 종이 한 장을 건네주셨다. 운동 시작 전부터 자존감이 땅속까지 떨어졌다. 부담감이 가득했다.

본격적인 수업 전 강사님이 나의 몸 상태 이곳저곳을 확인하며 툭툭 내뱉는 말에 점점 슬퍼졌다. 이렇게 내 몸이 혹사당하고 있었구나 싶어 나 스스로가 너무 짠했다. 예전에는 다 되던 동작이 이제는 굳어서 안 되고, 내 의지와는 달리 따라오지 않는 나의 체력을 느낄 때마다 좌절감이 생겼다. 아기를 많이 안고 있었더니 몸이 틀어진 것 같다는 핑계 같은 진실을 둘러댔다. 자존심이라도 조금 챙기고 싶었다.

'아기 정말 예쁘죠? 더 오래 안아 주려면 지금부터 조금 덜 안아주고 꾸준히 몸의 근육을 쓰는 법을 익혀야 해요. 그래야 관절을 최대한 덜 쓰고 보호할 수 있어요. 이대로 몸이 상하면 나중에는 안아주고 싶어도 못 안을 수도 있어요.'

심장이 쿵. '맞아. 엄마가 건강해야 해.' 내가 사랑하는 아이를 보듬기 위해 내 몸을 먼저 바로잡기로 결심했다. 꾸준히 조금씩 해보자! 필라테스가 일어나서 밥 먹고 씻고 출근하고 자는 일상에 잘 스며들도록 아주 조금만 시간과 에너지를 쏟아보자!

난 발바닥 안쪽으로 움푹 들어간 곳이 없이 아치가 무너져 있었다. 그래서 무릎이 다른 사람들보다 더 쉽게 아팠을 것이라고 한다. 정형외과에서 검사해도 늘 정상으로만 나와서 무엇이 문제인지 몰랐다. 출산하고 나면 누구나 몸이 아프니 자연스럽게 시간이 해결해 줄 거라며 대수로이 여기지 않았는데. 내 자세에서 원인이 있었다. 필라테스할 때마다 뼈마디 하나하나가 맞춰지는 느낌이 든다. 그리고 잠시 어긋났던 내 삶의 조각을 다시 맞추는 것 같다. 내 몸의 뼈는 여기 있다. 내 근육은 이렇게 있다. 예전의 내가 다시 살아나고 있었다.

아무도 신경 써주지 않았던 내 몸. 심지어 주인인 나마저도 몰라주었던 내 몸. 늦었지만 하나씩 알아봐 주고 쓰다듬어 주고 이해해 주고 보살펴 주다보니 몸이 건강해지는 것을 넘어서 내 마음까지 치유되고 있었다. 엄마니까 이렇게 해야 한다가 아니라 '너도 처음 엄마가 되느라 고생이 많았구나! 아주 힘들었구나.'라고 이해해 주는 시간이 필요하다는 걸 깨달았다.

욱하는 성질에 시작해 버린 나의 이기적인 시간, 건강한 몸을 만들려고 했는데 나를 더 알아가는 시간이 되었다. 한 동작 몸을 움직일 때마다 내 몸 어디에 신경을 써야 하는지 집중하면서 온전히 나만 생각하는 소중한 시간이다. 아직 쫄쫄이의 민망함을 이겨내진 못했지만 안 되던 동작이 되면서 자신감이 생기기 시작했다. 무언가를 이뤄냈다는 성취감, 오랜만에 느껴본 만족감. 작지만 조금씩 변화되는 거울 속 내 몸을 보면 뿌듯하다.

질주본능 나만의 쉼터, 독서

오랫동안 바랐던 내 아기는 정말 예쁘고 소중했다. 한시도 곁을 떠나고 싶지 않았다. 하지만 아무 말도 안 통하는 아기와 종일 있으면 어딘가 모르게 답답해졌다. 날마다 남편 퇴근 시간만 손꼽아 기다렸다. 거실 창밖으로 걸어오는 남편을 발견할 때는 진흙 속에서 진주알을 찾은 듯 신이 났다. 야근하고 출장 가고 남편의 회사 일이 바빠지면서 오아시스 같은 저녁 수다는 점점 사라졌다. 그리고 어느 순간 행복했던 육아 휴직은 전쟁터로 변했다. 하루하루를 쥐어짜면서 보내고 있는데 '감 놔라, 배 놔라.' 하는 소리를 듣는 순간마다 미칠 것 같았다. '세상아, 제발 다 저리로 꺼져버려!' 속으로 수백 번, 수천 번 외쳤다.

'너를 위한 시간이 필요해. 나는 1년이 걸렸고 운동을 했어. 너도 너만을 위한 무언가를 찾아봐'

지칠 대로 지쳐버린 나에게 엄마 선배가 된 친구가 혼자만의 시간을 가져보라는 조언을 했다. 아무리 내가 지쳤어도 아기와 떨어지고 싶지는 않았다. 내가 얼마나 기다린 아기인데 나의 이런 상황이 내 아기 때문이라는 것을 인정하고 싶지 않았다. 아기와 둘이 함께 이겨내고 싶었다. 아기 옆에 꼭 붙어 있으면서도 힘들지 않고 적당히 나를 성장시키는 기분이 드는 것이 필요했다. 여러 시도 끝에 어쩔 수 없는 환경에서 적당히 타협한 차선책은 바로 독서였다.

아기가 낮잠을 자는 시간. 새근새근 잠이든 아이의 천사 같은 얼굴을 보며 그 옆에 조용히 앉아 책을 봤다. 혹여나 아기가 깰까 봐 불빛이 보이는 전자책이 아니라 종이책으로 한장 한장 아기 보살피듯 살살 넘겼다. 태초에 책을 좋아하는 사람이 아닌 것이 다행이었을까? 책을 읽다가 아기가 깨면 어찌나 반갑던지. 내가 환한 미소를 지으며 "잘 잤어?" 인사를 건네면 눈 뜨자마자 옆에 지키고 있던 엄마를 보는 아기도 방긋방긋 미소로 대답하며 일어났다.

육아휴직이 끝나고 나는 드디어 진짜 내가 하고 싶은 것들을 하나씩 진행했다. 그동안 눌러온 내 욕구가 얼마나 대단했는지 늘 상기된 상태로 이것저것 하기 시작했는데 문제는 체력이었다. 임신부터 시작된 나의 체력 저하는 불타오르는 의욕을 뒷받침해 주지 못했다. 계획들은 수포가 되었고, 내 몸은 푹 무너져 버렸다. 등산할 때 깔딱고개를 지나고 잠시 쉬듯 내 삶에도 적당한 휴식이 필요했다. 그때 임신과 육아휴직 동안 내가 할 수 있는 유일한 휴식인 독서가 생각났다. 그 당시 어쩔 수 없이 결정된 나의 탈출구. 그것이 지금은 나의 쉼터가 되었다.

마음이 힘든 날은 독서로 평안을 찾는다. 일을 하다 막히는 날도 책을 읽는다. 단순히 혼자 쉬고 싶은 날도 책을 읽는다. 책의 종류는 정하지 않는다. 손이 가는 대로 눈길 가는 대로 그냥 읽고 싶은 것으로 아무거나 읽었다. 어떤 지식을 쌓거나 그 책으로 시험을 볼 상황도 아니기 때문에 책을 읽는다는 부담감이 없었다. 육아 휴직 때와 다른 점이라면 이제는 시내 한복판의 서점에서 아무 책이나 마음대로 읽을 수 있고, 도서관을 자유롭게 드나들며 절판된 책도 찾아 읽을 수 있었다. 때로는 마음에 쏙 드는 책을 발견하면 구매해 시간을 내서 읽기도 한다.

책을 읽다 보면 마음에 박히는 문구나 단어가 생긴다. 그 글자가 나에게 등불이 되어 길을 안내해 주고 그 글귀가 나의 마음을 다독여 주고 그 시간이 내 마음을 채워준다. 또 이상하게도 정확할 만큼. 서점을 가면 그

때 내 상황에 딱 맞는 책이 눈에 들어온다. 그날도 사람들에 치여 애수한 날 있었다. 길 건너 서점에서 책 구경을 하고 있었는데 많이 들어봤을 도종환 님의『흔들리지 않고 피는 꽃이 어디 있으랴』라는 책이 눈에 들어왔다. 냉큼 집어 들고 휘리릭 펼쳐서 그 시가 있는 곳을 찾아 천천히 음미하듯 읽었다. 그랬다. 꽃이 피기 위해 이렇게 힘든 거지. 내 인생 꽃피기 위해 지금 비바람을 맞기도 하는 거지. 지금, 이 순간을 잘 견디면 예쁘게 꽃이 필 거니까. 그렇게 마음을 다잡고 다시 힘을 낼 수 있었다.

경주마같이 달리기만 할 줄 알았던 나였는데 엄마가 되고서 찾게 된 쉼. 홀로 쉬고 있는 이 시간이 나 편하자고 아이를 돌보지 않는 나쁜 엄마가 된 시간이 아님을 안다. 배가 고프면 밥을 먹고 졸리면 잠을 자는 것처럼 엄마이기 전에 한 사람으로서 힘들면 쉬어감을 배웠다. 이렇게 한 타임, 독서 영양제를 먹으면 기운 내서 더 잘 걸어갈 수 있다.

(4)

요알못 엄마의 요리 도전기

오물오물 작은 입이 귀엽게 움직인다. 양 볼은 빵빵하고 배는 볼록 나
왔다. 토실토실 미쉐린 같은 모습에 흐뭇한 미소가 나온다. 출산 전 SNS
로 육아를 접한 나는 인터넷에 올라온 '잘먹이'들의 모습에 푹 빠졌다. 라
면 하나 제대로 못 끓이는 주제에 SNS에 올라오는 상차림을 보면서 나
도 해보고 싶은 욕심이 스멀스멀 올라왔다.

'이제 곧 이유식 시작이네! 아기가 먹는 연습을 하는 거니까 부담 갖지
말고 해.'

드디어 나도 내 아기에게 음식을 하는 설레는 순간을 마주하게 되었
다. 너를 위해 준비한 나의 첫 요리 흰죽. 아무리 흰쌀만 불려서 만들었

다고 해도 생전 처음 만들어 본 음식이 얼마나 대단했겠는가, 아기는 역시나 궁금증에 한입 맛보고 그 뒤론 칠색 팔색 내 음식을 극구 거부했다. 아기만 그런 것이 아니라 남편도 내가 이상한 걸 만들었다며 놀렸고 의기소침해진 나는 더 이상 요리를 하지 못했다.

그러던 어느 날 요리 고수 시어머니가 한껏 실력을 뽐낸 음식을 들고 방문하셨다. 70년 고수의 정갈한 음식, 직접 시장에서 장을 보고 가장 좋은 재료들로 오랜 시간 정성을 들여 만들어 오신 '고깃국'. 진한 육수 냄새가 코끝을 스쳤고 아기는 넙죽 받아먹을 준비를 하고 내 앞에 앉았다. 날름날름 오물오물 퉤. 혀를 삐쭉 내밀며 입에 들어간 음식을 모조리 뱉었고 연신 도리도리하며 음식을 거부했다. 시어머니의 당황한 모습이 역력했지만, 돌도 안 된 아기에게 혼을 낼 수 없는 노릇. 씁쓸히 패배를 인정하시며 돌아가셨다. 시어머니의 완벽한 패배였지만 나는 이상한 자신감을 얻었다. '그래, 내 음식이 이상하고 맛이 없는 게 아니야.' 하지만 이렇게 잘 먹지 않으면 혹여나 성장 발달에 문제가 되지는 않을지 걱정도 들었다.

어느 날 문득, 체격 좋은 서양 사람들은 아기에게 어떤 걸 먹일지 궁금해졌다. 서양에서는 밥이 주식이 아니니 다른 음식으로 이유식을 할 것 같았다. 어느 인터넷 카페에서 유명한 『엘리네 미국 유아식』이라는 책을 사서 읽었고 용기 내서 다시 요리를 시작했다. 첫 도전은 '바나나프렌치 토스트'였다. 만드는 건 간단했고 재료가 아기가 좋아하는 빵과 바나나였기에 자신 있게 시도했다. 얼마 후 요리는 완성되었고 남편과 아기 다 같이 식탁에 앉았다.

아이 스스로 입에 빵을 가져간다. 오물오물 먹어본다. 작은 손으로 빵을 꽉 움켜잡고는 두 손으로 이리저리 옮겨 잡으며 다시 먹기를 반복하더니, 드디어 먹었다! 아직도 잊을 수 없는순간이었다. 그 뒤로 '안 먹' 시즌이 오면 나는 구원투수가 되어 외국 요리를 했다. 서툴지만 내가 만든 요리를 잘 먹어주는 아기를 보며 고마웠고 드디어 나도 누군가를 위해 진짜 요리를 할 수 있다는 뿌듯함을 느꼈다.

감기로 목이 부어 있을 때는 '쯔완무시(일본식 계란찜)'를 만든다. 밥테기가 올 때는 '라이스푸딩(쌀로 만든 디저트)'를 선보인다. 고기를 안 먹을 때는 '함박스테이크'를 만든다. 나는 요리를 못하는 엄마이기에 같은 음식이라도 다른 이들에 비해 몇 배로 시간이 걸렸다.

'주방은 아기가 오면 위험하니까 이거 하는 동안 잠깐 아기 좀 봐줘.'
유레카. **분명히 아기를 위한 음식을 만드는 시간인데 이상하게 나 혼자만의 시간이 생겼다.** 숨 쉴 틈 없는 육아에서 나만의 시간을 찾는 건 사막에서 오아시스를 찾는 정도로 귀한일이다. 아이를 위한 시간이지만 나를 위한 시간. 내 이기적인 요리 시간은 나에게 성취감과 행복을 줄 뿐 아니라 온전히 아이에게 좋은 것을 주고픈 엄마의 사랑이 가득한 시간이기도 하다. 무엇보다 남편에게 눈치 보지 않고 부탁하지 않고 당당하게 내 시간을 요구해도 괜찮은 시간, 이보다 즐거울 수 있을까!

다시 꿈을 꾸다

빠빠~ '엄마 회사 다녀올게. 맘마 잘 먹고, 친구들이랑 잘 놀고 이따가 저녁에 만나, 사랑해.' 아기는 내 걱정보다 쉽게 어린이집에 적응했다. 어느 날은 내가 옷을 갈아입는 것만 봐도 엄마가 회사 간다는 걸 아는지 현관을 나서기도 전에 먼저 손을 흔들어 주기도 했다. 이렇게 평화로운 아침만 있다면 좋았을 테지만, 워킹맘의 삶은 그렇게 아름답지만은 않았다.

'이번 달 마지막 주 일주일간 어린이집은 여름방학입니다.'
방학, 어릴 때 나에게 방학은 엄청나게 신나는 날이었다. 늦잠을 자고 학교에서 공부하지 않아도 되는 내가 하고픈 대로 다 할 수 있는 그런 자유로운 시간이었다. 그런데 엄마가 되니, 그것도 일하는 엄마가 되어보니 방학은 그저 막막함, 그 이상도 이하도 아니었다. 연차를 쓰고 어찌어찌 일주일을 버텼다. 그렇게 고난의 일주일을 간신히 버텼다고 생각했는데 아뿔싸! 아이가 물놀이를 한 뒤로 감기에 심하게 걸리더니 아무리 약을 먹어도 낫질 않았다. 결국 동네 의원에서 큰 병원으로 전원되어 입원했고 남편과 나는 낮과 밤을 오가며 병원 철야 근무를 했다. 왜 나에게 이런 시련이 오는 것일까?

'도저히 안 되겠어! 어떻게 한두 번 견딜 수 있어도 계속을 이렇게 살수 없어!'

아기 옆을 지키면서 할 수 있는 일을 찾고자 했다. '과연 내가 무엇을 할 수 있을까?' 완전히 새로운 일에 도전할 자신은 없었다. 기존의 것들을 과감히 내려놓기도 두려웠다. 처음부터 다시 시작한다는 것이 엄마가 되고서는 여간 힘든 일이 아니었다. 엄마가 되기 전의 나에게 '시작'은 가슴 벅차게 설레기만 했는데 지금의 나에게는 두려움의 존재였다.

불현듯 20대 취준생 시절 가슴속 열정의 품으며 취득한 자격증이 생각났다. '맞아, 다들 이 자격증으로 개업했지? 지금 시작해도 늦지 않을까?' 콩닥콩닥. 마음이 두근거렸고 설렘이라는 낯선 감정이 한 줄기 솟아올랐다. 먼저 해본 지인 중 한 아이의 엄마이자 현재는 대표가 되어 있는 분에게 내 속사정을 털어놓았다.

'언제까지 남의 밭을 갈 거야? 당장 나와!' 그녀가 나에게 내뱉은 첫 말
이다. 아무리 그래도 무턱대고 나가서 오히려 더 시간이 부족해 아기 곁
을 지키지 못하면 어떻게 하냐고 되물었다. '지금은 아기가 부모의 사랑
이 필요하지만 조금 지나면 아기가 하고 싶은 걸 할 수 있게 해줄 부모의
능력이 필요해. 그래서 네가 성장해야 하는 거야, 또 그런 너의 모습을
보고 아기도 스스로 성장하는 사람이 되지 않을까?'

'그렇지. 지금 나는 엄마 품에 앉아서 밥을 먹지 않고 엄마가 준비해 주
는 옷을 입지 않고 엄마가 씻겨주지 않고 엄마 품에 안겨 잠들지 않으니
까. 언젠가 내 아기도 나와 같이 엄마 품을 떠나는 날이 올 테니까.' 그녀
의 말에 마음이 기울었다. 하지만 겨우 다잡은 마음은 하루에도 수십 번
씩 부정적인 생각으로 무너졌다. 예전에 앞뒤 따지지 않고 당당하게 나
서던 나는 없었다. 행여 잘 못 될까 쭈그리고 앉아 돌다리만 두드리는 한
여자가 있었을 뿐이다. 지금 나에게 필요한 건 지지였다. 한 번 해보라는
응원이 절실했다.

'예전에 그 사람 기억나? 걔도 지금 완전 잘나가! 네가 그보다 못한 게
뭐가 있어?'

'완전 좋은 아이디어인데요. 혹, 도움 필요하면 저에게 연락해 주세요. 제가 도와드릴게요.'

주변을 돌아보니 내 곁에는 나를 믿고 응원해 주는 사람이 가득했다. 나를 가로막는 건 그저 나뿐이었다. 엄마가 되고 할 수 없는 수많은 일이 나를 작아지게 했지만, 결핍 가득한 엄마의 자리가 나에게 새로운 꿈을 꾸게 했다.

현실에서 안주하며 잊고 지낸 내 꿈 그리고 회사라는 울타리에 갇혀 마음껏 드러내지 못했던 나.

퇴직하고 새로운 제2의 인생을 산다는 데 나는 지금이 그 새로운 출발선일까? 이제는 허물을 벗고 나비가 되어 더 멋진 세상으로 날아갈 때인 듯 마음이 설렌다. 아이를 지키기 위해 결심한 목표이자 나를 위한 꿈. 말하는 대로 꿈꾸는 대로 오늘도 나아간다.

이기적인 시간의 이유

엄마가 아기와 한시도 떨어지면 안 된다고 아무도 나에게 강요하지 않았다. 단지, 내가 마음이 쓰여 아기 바라기가 되었고 내가 접한 육아 도서나 영상을 보면서 당연히 엄마는 그래야 한다며 스스로 세뇌했다. 그렇게 강하게 자리 잡은 내 생각 덕분에 잃어버린 나를 찾아가는 도전은 쉽지 않았다. 마음이 흔들릴 때마다 사고를 전환하려고 무척 애썼다. 앞으로의 나를 위해서 또 아기를 위해서 지금 보내는 이기적인 시간이 꼭 필요하다고 생각했다.

필라테스하면서 육아로 지치기만 했던 몸은 회복하였고 작은 실천이지만 꾸준함의 결과로 첫 목표를 이루었다. 그 자신감을 발판으로 독서

할 때는 더 끈기 있게 몰입할 수 있었고 한 권씩 완독할 때면 알록달록 붙어 있는 포스트잇과 밑줄 쳐진 책을 보면서 이만큼 많은 걸 얻었다는 만족감이 생겼다. 못하던 요리를 시도할 때는 나도 이제 어엿한 엄마 소리를 들을 수 있겠다는 뿌듯함을 느꼈다. 미래를 꿈꿔보는 행복한 시간 여행은 그날을 위해 지금 하는 일을 더 열심히 할 수 있게 되었다.

이렇게 성장한 나만으로도 의미가 있는 시간인데 가장 큰 변화는 우리 가족에게 생겼다.

'아기가 놀 때는 방해하지 말고 혼자 놀게 놔둬. 혼자서 탐색하고 노는 법도 알아야지.'

이기적인 엄마의 시간을 갖는 동안 아기는 남편의 방식대로 자랐다. 다 맞는 소리라고 머리로는 이해하면서도 밀착 육아를 했던 나와는 다른 육아의 방식이 싫었다. 잔소리꾼이 되어 이것 저것 참견하고 싶었지만 입을 닫았다. 눈을 감았다. 간절히 내 시간을 확보하기 위해서 잠시 육아를 내려놔야 했다.

하지만 내가 육아를 떠나서 하고 싶었던 것들을 할 때마다 마음이 불편했다. 아기를 두고 혼자만의 시간을 보낸다는 것이 어색했고 행여 무슨 일이 생기진 않을까? 이렇게 아기를 혼자 놀게 두는 것이 맞는 걸까?

남편의 육아 방식에 대한 불만이 생기고 몸은 떠나 있었지만, 마음은 계속 아기가 신경이 쓰였다.

그러던 어느 날, 아기 예방접종을 하러 병원에 갔다. 의사 선생님은 이곳저곳 아기의 몸 상태 살폈고 그 진찰 순서에 따라 아기도 잘 협조하며 주사를 맞았다. '참 똑똑한 아이네요. 인지발달, 참을성 모두 또래보다 뛰어나요. 이것 좀 보세요.' 마지막으로 주사까지 다 맞았으니 이제 사탕을 달라며 양손을 내미는 아기를 보며 의사 선생님은 흐뭇한 미소를 지으셨고 칭찬을 아끼지 않았다. 그날 그 한마디에 그동안 쌓여온 내 걱정이 눈 녹듯 사라졌다.

돌이켜보니 아기를 혼자 놀게 두어 무심하게만 보였던 남편의 육아가 옳았다. 내가 무엇을 좋아하는지, 내가 하고 싶은 건 무엇인지, 잃어버린 나를 되찾기 위해 아기와 떨어져 보낸 이기적인 시간이 필요하듯이, 아이도 스스로 좋아하는 것이 무엇인지, 하고 싶은 것이 어떤 건지 결정하고 혼자서 해보는 부모와 떨어진 독립된 시간이 필요했다.

그동안 남편에 대한 불만과 얄미운 마음이 사라지고 어설픈 엄마였던 내 얼굴이 화끈거렸다. 아기를 혼자 두고 내 욕심의 시간을 보냈다는 죄책감이 들었는데 이제는 생각이 달리 들었다. 우리는 각자 혼자만의 시간이 필요했다. 지나고 보니 내가 보낸 지난 시간이 결코 나만을 위한 시간이 아니었음을 알았다. 서로를 위한 시간이었다. 그런 의미에서, 우리 앞으로 더 이기적으로 살아볼까?

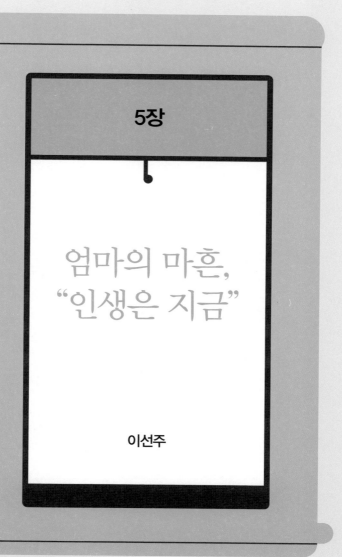

5장

엄마의 마흔,
"인생은 지금"

이선주

인생은 지금, 나의 제주섬

살아가면서 삶의 전환점은 누구에게나 온다. 그 전환점이 누구에게는 불행의 순간으로, 또 어떤 이에게는 기회의 순간으로 남는다. 우리 가족에게는 가히 혁명을 불러일으킨 시간이 있었으니 늦은 밤 귀가 길에 급작스럽게 쓰러진 남편. 30대에 심근경색이라니 앞이 캄캄했다. 응급실로 달려가던 그 날의 차디 찬 새벽공기는 지우려 해도 쉬이 잊히지 않는다. 응급실과 중환자실을 경험한 남편 '덕분에' 병가와 연차의 조각난 시간을 이어 모아 한 달이란 시간을 만들었다. 돌쟁이 둘째아이의 기저귀를 꾹꾹 눌러 넣으며, 나의 두려움도 마음속 저 깊은 곳에 꾹꾹 눌러 넣고 떠났다. 제주섬으로.

불안을 감춘 채 시작된 한 달의 제주 일상이, 남편에게 선물 같이 다가온 이직이라는 운명의 기회를 낚아 우리는 3년이란 귀한시간을 '삶을 여행처럼, 여행을 삶처럼' 살게 된다.

결혼 후 이토록 긴 시간, 가족 넷이 살 부비며 딩굴딩굴 여유 가득한 일상은 처음이었다. 늘 엄마 곁에 붙어 있으려 칭얼거리던 '엄마바라기' 아이들은 서서히 아빠와 함께하는 시간을 즐기기 시작했고, 남편의 빠른 회복만큼 나의 불안도 점차 열어지며 평범한 일상에 안도한다. 앞만 보고 달려오던 남편에게 선물 같은 시간이 되길 바랐다.

한 겨울에도 새빨간 꽃을 피워내는 나무가 기특하고 신기했다. 한편으론 만개한 꽃이 부럽기도 해 한참을 바라보았다. 무심하게 툭 툭 떨어진 레드카펫 사이사이 빠알간 꽃망울을 두 손에 모아들고 한참을 바라보았던 동백꽃.

'인생은 지금'

일상의 소소한 기쁨을 몸으로 느끼며 '하루'라는 귀한 선물을 받아 기껍게 삶을 살아내려 애썼다. 제주 일상이 한껏 익숙해질 무렵 나에게 불청객(지금은 그 불청객이 참 고맙다.)이 찾아 왔다. 꼭꼭 숨겨둔 내 마음속, 깊고 깊은 슬픈 구덩이. 20대 중반 학생신분을 갓 벗은 나는 '한날한시'에 부모님을 잃었다. 하늘이 무너지는 게 이런 느낌일까. 부모의 살뜰

한 보살핌 아래 온실 속 화초 같이 살아 온 나는 영문도 모른 채 하루아침에 하우스 밖 허허들판에 내던져 졌다.

'덩그러니'

앞이 보이지 않는 칠흑같이 어두운 길을 나 홀로 걷고 걸어야 했다. 슬픔의 고통은 사는 내내 순간순간 불청객처럼 찾아왔고, 그때마다 매번 억장이 무너졌지만 잘 살아내야 한다고 끊임없이 나를 채찍질 했다. "내가 헛되이 보낸 오늘은 어제 죽은 이가 그토록 바라던 내일이다." 고대 그리스 비극시인, 스포클레스(Sophocles)의 말을 되새기며 나는 미처 슬퍼할 새도 없이 부모님 몫까지 살아내려 애쓴 시간이었다. 무의식이 나를 끊임없이 움직이게 했다. 슬픔이 가득 차올라 비틀비틀 거리는 몸을 일으켜 세워 나를 채찍질해가며 부모가 그토록 바라던 내일을 향해 무의식적으로 걷고 또 걸었다. 나는 내 부모가 채 누리지 못한 오늘을 잘 살아내야만 하는 운명이고, 그 사무침과 슬픔 덕분에 나는 흔들림을 배웠다. "슬픔은 한결같은 사람에게 흔들림을 가르쳐준다."라는 스포클레스의 말을 깊이 들여다보면 세상에 다 나쁘기만 한 일도, 다 좋기만 한 일도 없다. 10년이란 긴 시간 동안 억장이 무너져도 다가온 새 날을 치열하게 살아 내야만 했다. 익숙한 슬픔이었지만 어쩐지 이번에는 달랐다. 그 불청객은 나를 마구 뒤흔들며 말을 건네는 것만 같았다. 이렇게 살면 너무 억울하지 않냐고, 너를 찾으라고, 시리도록 아픈 내 마음 속 깊은 곳에서 감히 원망감이 꿈틀거렸다. 그 누구에게도 말할 수 없이 내 속에 남 몰래 꾹꾹 눌러 담아 놓았던 진짜 마음. 하지만 습관처럼 불편한 감정이 고개를 내밀면 재빠르게 차단하고 피에로 가면으로 미소를 장착한 채 살았다. 홀로 있을 때면 어김없이 뜨거운 눈물이 흘렀고 최대한 혼자인 시간을 만들지 않으려 무진 애를 썼다. 쓸쓸한 민낯을 마주하며 한 없이 서글퍼졌던 순간, 감정을 돌보는 방법을 알지 못했던 나는 그 불편한 감정에서 도망치기 위해 신발을 신었다.

나의 피신처는 바다고 숲이었다. 피신처에서도 예상치 못한 쓸쓸함을 몸소 마주하며 받아들일 수밖에 없는 현실을 인정 해야만 했다. 아이러니하게도 행복하고 즐거워 보이는 관광객들의 환한 미소에서 쓰린 아픔을 마주하게 된다. 마음을 보호하기 위해 피신 한 곳에서 오히려 날것의 감정을 알아차리다니, 참 많이도 울었다. 철썩 철썩 파도 소리에 맞춰 엉엉 울었다. 어떤 날은 그 소리가 괜찮다, 괜찮다 내게 위로를 건네고, 또 어떤 날은 '넌 혼자가 아니라고', 언제나 너의 곁에 있으니 외로워 말라 안아주는 것만 같았다. 질리게도 울었건만 여전히 불쑥불쑥 제 멋대로 눈물이 흐른다. 도대체 언제까지 흐를 것 인지, '눈물! 네가 이기나 내가 이기나 두고 보자!' 라는 마음으로 엉엉 울어버린 적도 많다. 달라진 점이 있다면 더 이상 눈물이 흐르는 것이 불편하지 않다는 것. 내 눈물을 부끄럽게 여긴 적도 분명 있었지만, 뜨거운 그 눈물 덕분에 지금 나의 웃음은 더 진해졌다.

시원하게 눈물파티를 끝내고, 나는 나의 즐거움을 향해 걸었다. 엄마가 되기 전 평소 즐겼던 일, 점점 잊히고 애써 찾지 않으면 사라지는 것. 좋아했던 것들을 일일이 나열해가며 타인의 인정을 위해 살았던 것은 아닌지 스스로를 깊이 바라보았다. 그 시간을 두고 누구는 팔자 좋은 여자의 여유로움이라 하겠지만, 여유 있어서가 아니라 나를 찾지 않고서는 오래 그리고 길게 걸을 힘이 나지 않았다. 나의 강점과 장점, 행복감과 불편함을 주는 것들을 찾으며 울고 웃었던 제주에서의 귀한 시간이 있었기에 지금의 내가 있다. 제주 입도로 깨달은 지점은 남편뿐 아니라 나에게도 지금 멈추지 않으면 안 된다는 신호! 더 늦기 전에 몸을 돌보고, 마음을 치유하라는 나를 사랑하는 어떤 이의 애틋한 선물이었는지도 모르겠다.

그럼에도 불구하고,
'마음 돌봄'이라는 조각을 내 마음에 키울 수 있었던 이유는 끝도 없이 나를 응원해 주던 파도가 그렇고, 초록 숲의 흔들리는 잎사귀들이 그렇다.
'인생은 지금'이라며 용기 있게 그리고 조금은 이기적인 마음으로 입도를 선택했던 나에게 고맙다.
끊임없이 사랑을 일깨워 주어 고맙다, 나의 제주.

나를 깨우는 물그림

나는 수채화라 불리는 물그림 그리는 것을 좋아한다. 알록알록 자기만의 아름다운 빛깔을 하얀 도화지에 스며들도록 적당한 물과 함께 칠 해 주면 각자의 빛깔이 함께 어우러져 서로 다정히 물 들어가는 걸 바라보면 내 마음까지 따스해진다. 조금 더 강한 색이 옅은 색을 덮어 버리는 듯하지만, 적절히 타협하여 또 새로운 색을 만들어 낸다. 내가 더 잘났거나 네가 못난 게 아닌, 적당히 섞이고 서로의 다름을 인정하고 받아들이는 색색깔들. 물그림처럼 나도 다양한 빛깔을 가진 타인과 자연스레 잘 섞여 살아 왔다. 하지만 더 이상은 아니다. 어느 순간 나의 상처 딱지를 보호하기 위해 보이지 않은 선을 그으며 나를 지키려 안간힘을 썼다.

흔들릴수록 세상이 점점 불안해졌고, 관계에서도 피곤함이 몰려와 점점 거리를 두면서 나는 작아졌다, '점점.' 그렇게 세상이 나를 뒤흔들어 놓는 듯 했다. 세상이 날 흔들어 댄 건지 내가 세상을 흔들리게 보았는지 모를 일이다. 여러 빛깔들이 자유로이 서로 받아들이는 물그림을 보면서 나도 다시금 저 물감처럼 자연스럽게 스며들고 싶었다.

'나' 라는 색을 선명하게 표현하는 것이 두렵지만, 적절히 타인의 색을 있는 그대로 품어주며 서로 스며들길 바라는 나의 속마음을 그리는 시간을 통해 깨닫게 되었다. 나도 모르는 내 마음을 알아차릴 수 있게 도와주는 물그림이 참 좋다.

어느 날, 무조건적인 지지를 보내주시는 수산나 수녀님께 그림 사진을 전송했다.

"선주야, 너무 애쓰지 마. 그렇게 애쓰지 않아도 괜찮아." 평소와 사뭇 다른 수녀님의 답장을 읽는 순간, 눈물이 왈칵 쏟아 졌다. 사실, 나는 뭐 하나 꾸준히 하는 게 없다며 스스로를 질책하곤 했다. 매일 '하루 한 장' 그리기 목표를 세운 뒤 숙제를 해 치우듯 그림을 그렸다. 어느 순간 어겨선 안 될 숙제처럼. 꾸역꾸역 1일 1그림 인증을 하며 그림 한 장으로 그날의 나를 '인정'받는 양 성취감을 느끼기도 했지만, 융통성 없는 일상은 지치기 마련이었다. 인정받기 위한 시간이 버겁다 느끼던 찰나 수녀님의 말씀에 나의 속마음, '즐거움'의 탈을 쓴 힘든 애씀을 들켜 버려 부끄러웠다. 애써 노력하지 않아도 '너는 있는 그대로 괜찮다'는 마음이 전해져 고마음과 서글픔이 뒤섞여 혼란스러운 감정이 나를 뒤흔들었다. 세상에 나혼자 밖에 없는 것 같은 외로움, 숨기고 싶었던 짙은 고독한 마음을 들켜버린 것이다. 이만하면 되었다고, 그만 애써도 된다고, 가만가만 나를 안아주는 말이 틀림없이 큰 위로가 된 건 사실이다.

하지만, 동시에 화가 났다. 죽을힘을 다해 애쓰는 나를 대견하다 인정을 해 주시는지 못하고, 이렇게 사기를 꺾을 일인가. 나의 노력을 이렇게 짓밟아 버리냐며 저항의 목소리가 불쑥 올라왔다. 나도 모르는 사이 그분을 향한 비난의 목소리를 눌러 삼킨 채, 사전을 검색해 본다.

애쓰다 : 마음과 힘을 다하여 무엇을 이루려고 힘 쓰는 것!

나는 무엇을 이루기 위해 그토록 애를 쓰고 살았을까. 기나긴 시간 '애씀'의 이름표를 달고 사실은 나를 괴롭히며 살아 온건 아닌지 숨죽여 나의 시간을 되돌아본다. 때론 삶 속에서 애쓰지 않는 시간도 필요 하다는 걸 나는 전혀 몰랐다. 스스로 채찍질하는 삶에 익숙해져 있던 탓에 나를 위한 작은 쉼은 뒤쳐짐일 뿐이었으니, 잠시도 나에게 '쉼'을 허락하지 않았다. 그런 나에게 물그림의 시간은 스스로를 위한 '쉼'이자 애쓰는 하루에 대한 작은 보상 같은 것인데, 그리는 시간마저도 나는 나를 쉴 수 없게 만들었구나. 그제야 내가 어떤 실수를 한 건지 알 것 같았다.

물그림은 정답 없이 그 때 그 때 내 마음이 움직이는 대로 색과 물이 춤을 추듯 한데 스며든다. 그 스며듦을 보고 있으면 아름답기도 하고, 받아들이지 않거나 어울림이 아쉬운 빛깔을 보면 안타까움 마저 든다. 꼭 우리의 삶을 보는 것 같달까? 나만의 빛깔만 뽐내는 게 아닌, 물과 색이 적당히 잘 섞였을 때 비로소 다채로움이 빛이 난다. 미리 스케치를 해 놓거나 성급히 결과를 예상할 수도 없는 그림. 정답 없는 인생을 살아가며 흔들릴 때 '정답 없는 그림'을 그리고 기다리는 설렘과 즐거움은 이루 말할 수 없이 기쁘다.

다채로운 빛깔의 스며듦을 온몸으로 겪은 이후 요즘은 이전처럼 꾸역꾸역 그림을 그리지는 않는다. 굳이 타인의 인정을 받기 위한 의미 없는 기계적 움직임이 아닌 그저 마음이 동하면 적당히 물과 물감을 섞는다. 때론 물 따로 물감 따로도 괜찮다. 긴 시간 돌고 돌아 다시 붓을 들 수 있어서 감사하고, 32색의 물감 모두 제마다의 쓰임과 멋이 있다는 것을 알게 되어 또 감사하다. 그저 마음이 흐르는 대로, 물과 물감이 종이에 스며드는 것을 기다리는 시간. 과하다 싶으면 붓끝으로 물기를 거둬내도 좋고, 부족하다 싶으면 물 한 방울 더 떨어뜨려도 좋다. 붓이 머금은 물과 물감을 탁탁 털어 작은 물방울을 튀겨 내는 것도 즐겁다. 물그림은 자유롭다. 그래서 편안하다.

'나를 찾는 삶'의 시작점이 된 물그림, 참 감사하다. 나에게 몰두하며 앉아 붓을 들었던 그 시간, 아이들에게 자칫 이기적인 엄마로 보일까 염려가 될 때도 있지만 오히려 아이들은 부모를 보고 배운다는 말이 맞았다. "엄마, 나도 그리고 싶어요~ 종이 주세요." 하면, 비싼 인도종이가 내심 아까운 마음이 살포시 올라올 뻔하지만, 기껍게 내어 준다.

나의 이기적인 그리는 시간을 통하여 우리는 함께 성장한다. 나의 색, 내 아이의 색이 퇴색되지 않도록, 나만의 빛깔을 잃지 않고 찬찬히 스며들고 싶은 엄마들이여, 당장 붓을 들자!

나의 삶에 다채로움을 일깨워 줄 물그림을 위하여 '물 한 방울' 기꺼이 떨어뜨려 보자!

③

가드를 올리고,
엄마의 바디프로필

단발머리 여중 시절, 허리를 삐끗한 뒤로 물리치료를 주기적으로 받았고 20대 꽃 청춘 일 때도 살짝만 무리했다 싶으면 그날은 아이고~ 곡소리를 입에 달고 다닐 정도로 나는 저질체력 이었다. 그런 내가 4kg태아를 낳아 매일 업고, 안고, 어르고 달래니 머리~ 어깨~ 무릎~ 팔 다리 허리, 덩달아 마음까지 그야말로 '저질'이 되고 말았다. 이 세상 모든 엄마는 짠하다. 그리고 무지막지 대단하다. 이런 엄마가 운동을 결심하게 된 시작점은 아이러니하게도 글쓰기수업 덕분이었다. 글 쓰는 엉덩이(오래 앉아 버티기)를 갖기 위해 우리의 소희언니, 『엄마의 20년』 오소희 작가님이 전파해주신 체력단련, 달리기가 나의 운동 첫 시작이었다. 그러고 보면 글쓰기를 통해 나의 삶이 변화 된 것이 틀림없다. 글을 잘 쓰고 싶은 간절함이 몸을 움직이게 했고 운동을 하다 보니 몸의 근력뿐 아니라 마음의 근력이 길러져 결국 산티아고까지 다녀온 것 아닌가…. 애쓰고 애쓴 나를 찾는 시간들이 점에서 선이 되어 이어지고 있다.

하나씩 떠올려보니 그 짧은 시간 내 운동 역사가 찬란하다. 운동의 '운' 자도 몰랐던 내가 남편과 함께 검도관에 등록을 했다. 엄마가 된 이후 둘만의 첫 시간, 손을 꼭 잡고 열심히 저녁수련을 다녔다. 미술관 옆 동물원이 아닌, 검도관 옆 치킨집의 빠삭 치킨과 뼛속까지 시원하게 해주는 생맥주 때문에 다이어트는 망했다는 걸 미리 밝혀 둔다. 그래도 우리부부의 첫 운동 아니, 둘만의 치맥타임 소통 덕분에 서로에 대한 애정이 더 단단해졌다. 비록 출렁출렁 '맥주 배'를 얻었지만…. 엄마 아빠가 저녁시간 운동을 함께 다니니 우리집 남매는 자유시간이 그렇게나 좋았나 보다. 나는 또 그 꼴(?)을 지켜보기가 힘들었다. 그리하여 오전에 다닐 수 있는 복싱 장으로 발걸음을 옮기게 되었고, 나는 '복싱 여전사' 배우 이시영을 롤모델로 삼았다. 관장님의 열정 가득 찬 고함소리에 에너지를 끌어 올려 이를 악 물고 몸을 휘날렸다. 내 안에 숨어 있던 깡다구를 다시금 찾았다. 학창시절, 철봉 오래 매달리기가 제일 자신 있었던 운동이었지. 그땐 그랬지.

2022년은 생애 첫 '운동 맛'을 알게 된 해다. 10년 가까이 방치 되어 바람 빠진 자전거 타이어에 빵빵하게 공기를 채워 넣고, 바닥난 내 마음에도 자신감 빵빵하게 차오르도록 페달을 밟고 또 밟았다. 한강을 쌩쌩 달리며 '바람 맛'을 알았고, 복싱장의 '원 투 원 투 쨉쨉 원투' 펀치 맛은 기가 막혔다. 땀이 등줄기를 타고 체육관 바닥으로 뚝뚝 떨어지는 느낌이란…. 형언 할 수 없이 벅차오르던 운동 맛!

내 노력에 대한 보상이랄까, 나는 마흔에 새로운 즐거움을 알게 되었다.

그러던 어느 날, 글쓰기 동무들 단톡방이 마라톤 이야기로 떠들썩했다. 경보 수준의 달리기만 겨우 하던 내가? 마라톤을?? 그것도 전설의 춘마!(춘천마라톤) 아.묻.따. 콜! 외치며 신청금을 보내 버리고 나는 마라톤 대회에 나가기 위해서 또 달리고 달렸다. 묻지도 따지지도 않고 그냥 했다. 무식해 보이는가…. 아니, 해 본 경험은 그 무엇과도 바꿀 수 없다는 걸 알기에 무모할지 몰라도 일단 'JUST GO' 마인드로 밀어 붙였다. 결국 마라톤 대회를 잘 마무리하고 자랑스럽게 메달을 목에 걸고, 춘천 닭갈비를 맛나게 먹었지. 기쁨의 소주도 한잔.

운동 맛을 알아가며 라이딩이며 검도, 복싱, 마라톤까지 섭렵하던 때, 또 다시 카톡이 왔다.

글동무 지선이가 '바디프로필'을 함께 찍자고 제안한다. 1초의 망설임도 없이 이번에도 아.묻.따(아무것도 묻지도 따지지도 않고) 오케이!

하지만… 응??? 마라톤은 그렇다 치더라도 근육을 만들어 바디프로필을 찍어 보겠다고? 그게 가능한 일이야?? 뒤늦게 출렁이던 내 배를 바라보며 후회막심이었지만, 포기란 내 사전에 없다! 두 번의 출산을 경험한 고맙고 짠한 흐느적흐느적 물컹물컹 볼 품 없는 배, 하지만 위대한 나의 배. '이 물컹함만 좀 다듬어 봐도 성공이다.'라는 마음으로 시작한 바디프로필 프로젝트, 촬영 날짜가 점점 다가올수록 이 뱃살을 어떻게 숨겨야 할지 조마조마 하지만, 나를 믿고 가드를 올린다!

…뭐 어때!

꼭 SNS에 올라오는 멋들어진 초콜릿 복근만 복근인가? 체육관을 빠지지 않고 열심히 나갔고, 저녁은 7시전 소식을 하며 나의 사랑 맥주를 참아 내면서 평소 귀찮아서 하지 않았던 핫 하다는 홈 트레이닝 영상을 찾아서 실룩실룩 뱃살 다듬기 돌입! (참고로 나는 주0홈트를 자주 따라 했다.) 유쾌한 그녀는 예전 나와 같은 뱃살을 소유한 적 있었으나 운동으로 다지고 다져 모델 몸매를 가졌다. 긍정마인드와 깨알 유머를 겸비하여 운동 내내 실실 웃으며 쉽게 따라 할 수 있으니 추천!

디데이를 체크 해 가며 한 달 바짝 식단조절까지 노력했건만, 내 몸뚱이가 빨간 신호를 보낸다. 디데이 며칠 전날 허리 통증이 시작되었고 불안한 맘을 달래 가며 스튜디오 도착 후 헤어 메이크업을 설렘 가득 받았다. 비록 통증으로 만족스러운 포즈를 취할 수는 없었지만, 그럼에도 불구하고, 생애 첫 바디프로필을 진통제와 함께 성공. 아름다운 나의 뱃살 사진을 남편에게만 공개할 수밖에 없어서 참으로 아쉽다. (아니, 참말로 다행스럽다. 아하하하)

"불안했던 나의 고된 삶에 한줄기 빛처럼 다가와~~ 한 송이의 꽃이 피고 지는 모든 날 모든 순간~" 체육관에서 호되게 땀을 흘리고 들리는 가수 폴킴의 감미로운 목소리와 더불어 노랫말에 내 눈가가 뜨거웠다. 남이 보면 운동 강도가 너무 강해 힘들어서 운다고 생각 할 정도로 빡세긴 했다. 그 시간은 나를 단단하게 만들기도 했지만 또한 나약한 마음을 마주하는 시간, 이를 꽉 물고 운동을 했다. 생각해 보면 한줄기 빛처럼 다가온 건 내게 한두 가지가 아니다.

왜 그렇게 운동을 했는지 그 당시엔 나조차 몰랐지만 한없이 나약하기만 했던 내가 사실은 하고 싶은 것이 정말 많아서, 어떻게라도 해내고 싶어서 무의식적으로 체력을 길러 놓은 시간이 아니었을까. 산티아고를 걷고 싶었던 무의식이 나를 여기까지 끌고 왔는지도 모를 일이다.

엄마라는 이유로 하고 싶은 많은 꿈을 포기할 이유는 그 어디에도 없다.

그럼에도 불구하고, 오늘도 가드를 올린다.

내가 벗은 건 엄마의 두려움

나에게 '아빠나무'가 있다고 하니, 언제 수목장을 했었냐는 물음에 여러 이유로 흠칫 당황한 기억이 있다. 내가 식목한 것은 아니지만, 쭉쭉 뻗은 메타세쿼이아 나무가 즐비한 우리 동네 숲 속 나무 한 그루를 "이제부터 넌, 내꺼야!" 이기적으로 내가 선택한 나의 나무 친구이다. 2021년 한 해 동안 『아름다움 수집일기』의 이화정 작가님이 꾸리신 독서모임에 참여 했는데, 시와 나무에 대한 마음을 끌어 올린 귀한 시간이었다. 모임 구성원이었던 '반짝 친구들'의 나무들은 여전히 잘 있겠지? 그 친구들과 친구들의 나무에게도 인사를 전한다. 그때 만난 나의 나무친구, 아빠나무는 내 삶을 한결 따스하고 단단하게 만들어 주고 있다.

나를 살리고 있는 나의 나무친구. 마음이 지칠 때 주부로서 살림을 미뤄두고 이기적으로 뛰쳐나가 나무를 만나고 온 적이 한두 번이 아니다. '아빠 나무'를 찾아 걷기 시작한 때는 다름 아닌 집감옥 생활을 이어가던 코로나19 시절. 어느 날 갑자기 예고 없이 사라지는 게 있듯 어느 날 갑자기 나타나는 것도 있다. 망할 코로나 바이러스는 나의 두려움을 한껏 치켜 올렸다. 실내 집합이 금지 되고, 쭉 해 오던 요가센터를 못 다니면서 새벽 걷기로 몸을 깨웠다. 겁쟁이 엄마라 괜히 운동 하러 나갔다가 코로나에 걸려 가족들과 주변에 폐를 끼치진 않을까 싶어 엘리베이터 대신 계단을 오르내리며 노심초사 걷기 운동만 겨우 하던 그때 그 시절.

예측 불가능한 상황 앞에서 불안한 마음을 달래며 살아 내기 위해 새벽시간을 이용할 수밖에 없었다. 1층 출입구 앞 나의 걸음을 멈추게 했던 건 다름 아닌 목련 나무. 처음에는 목련나무란 걸 알지 못했다. 그 하얗고 우아한 꽃망울을 틔우기 전까지는.

어둠이 채 걷히기 전, 아침놀 빛깔의 아름다움을 느끼며 매일 새로운 얼굴을 보여주는 하늘과 초록 잎사귀 나무 사진을 찍으며 새벽의 아름다움을 눈과 마음에 담으며 점점 내 마음의 불안도 서서히 걷혔다.

걷다 보면 소소한 아름다움을 느끼는 시간이 잦아지고 일상에 감사가 절로 일어난다. 덩달아 내 안에 용기란 놈도 기지개를 켜고 빠끔히 얼굴을 내미는 듯 했다. 나뭇잎사귀가 흔들리는 걸 바라보며 내 마음도 저 잎사귀처럼 흔들린다는 것. 여전히 타인의 말 한마디에 상처받고 연연해한다는 걸 깨닫는다. 흔들리고 있는 오늘, 뿌리 뽑히지 않으려 애쓴다는 걸 다시금 되뇌면 스르륵 안도감이 든다. 사람들의 진짜 마음과 가짜 마음 사이에서 혼란스레 마구 뒤섞인 채 내 마음을 지키지 못한 적도 많았지만 상처받고 흔들리더라도 뿌리 뽑히지 않을 용기가 점점 자라났다.

숲 속을 걸으며 보이는 나무들은 저마다 다 적당한 거리를 유지하고 있다. 그들은 보이지 않게 서로를 품고 있다. 바람에 이리저리 흐느껴 무거운 가지를 옆 나무에게 은근히 기댄 나무도 그렇고, 보이지 않는 뿌리로 서로 연결된 땅 밑 세상. 그렇게 숲은 보일 듯 보이지 않게 서로에게 연결되어 있다는 걸 알 수 있다. 그리고 그 숲에 점점 스며들 때 즈음 나는 벗을 수 있었다.

신발을.

그렇게 나는 어씽(earthing) 이라 불리는 맨발 걷기를 시작했다. 혼자 걷는 시간이 나에게는 '숨'을 쉬는 시간이고 또한 '쉼'의 시간이다. 어느 주말 남편과 아이들을 데리고 숲에 간 적이 떠오른다. 1초의 고민도 없이 신발을 벗는 나를 보더니 "엄마! 왜 신발을 벗어? 빨리 신어"라며 엄마의 맨발이 부끄러운 듯 엄마를 보챈다. "같이 맨발 걷기 하자!" 저기 봐, 맨발 걷기 하시는 분들 많지? 엄청 기분 좋아, 너도 신발 벗어봐~ 하니, 호기심을 보이는 딸과 달리 절대 벗지 않을 거라는 아들. 남편과 딸과 함께 전날 내린 비로 촉촉하고 기분 좋게 미끈거리는 땅을 밟는다. 발가락 사이로 진흙이 올라오는 게 뭔가 재밌어 보였는지 아들이 그제야 "나도 벗을래." 한다. 물컹한 진흙길에서 똥을 밟은 것 같다며 말장난을 하는 아이들 얼굴에 행복감이 스며 있다. 신발 벗고 같이 걷자고 무작정 강요했던 이기적인 내 마음이 조금은 안도한다.

마음이 시원해진다. 처음엔 어리둥절한 표정이었지만 나를 믿고 신발과 양말을 벗고 함께 걸어준 가족들의 다정한 사랑을 느끼며 오늘도 나는 걷는다. 뭐든 한번이 어렵지 그 다음은 스르륵 열리는 게 마음이다. 다치고 닫힌 마음을 열고 닫는 것은 그 누구도 아닌 나이다. 우리가족의 마음이 열린 숲길에서 발바닥의 촉감을 함께 공유하며 맨발의 자유함을 만끽한다. 좋아하는 일을 함께 나눈다는 것은 이기적인 것이 아닌 더할 나위 없는 기쁨이다.

맨발로 찬찬히 걷는 것은,
내 생각을 맑게 하는 것.
내 몸에 쉼표를 주는 것,
내 삶에 여유를 갖는 것.

이미 다 아는 길이라 생각했던 그 숲길에서 매일 새로움을 발견한다. 그날의 기온과 습도에 따라서 발바닥에 닿는 촉감은 매번 다르다. 찰나에 따라 시시각각 변하는 하늘의 얼굴, 그리고 풀꽃도, 나무 빛깔도 모두 다르다. 내나무가 있는 숲의 봄, 여름, 가을, 겨울 다 똑 같은 모습이라 예상했지만 내가 틀렸다. 초록이라고 '다 같은 초록이 아닌 것 처럼.'

단, 한결같음도 있었으니, 나를 3년 동안이나 같은 마음으로 맞아 주고 있는 아빠나무. 내가 무얼 하더라도 다 괜찮다, 안아 주며 든든하게 지켜 주고 있는 나의 놀이터이다.

"나만의 놀이터를 만들어준 사랑하는 아빠에게,

아빠나무를 만들고 난 이후부터 아빠가 꼭 살아 돌아온 것만 같아. 언제나처럼 곁에서 나를 든든하게 지켜주는 아빠. 보고 싶을 땐 언제든 달려가서 만지고 안을 수 있어서 나 진짜진짜 기쁘다. 예전의 나였으면 맨발로 걷는 거 번거롭고 지저분하다고 분명하지 않았을 텐데 이젠 발바닥에 닿는 미세한 자극을 주는 모래 알갱이의 촉감이 나의 세포 하나하나 깨어나게 해. 참 다행이다. 자연의 귀함에 감사할 줄 알게 되어서 다행이고, 나무를 통해 삶과 죽음까지 배울 수 있어서 감사해. 이 앎을 우리 아이들에게 알려줄 수 있어서 또 다행이야. 아빠 '때문에' 슬픈 삶이 아니라, 아빠 '덕분에' 내가 좀 더 단단해지고 깊어져가고 있는 내가 참 좋아, 사랑해 내 아빠"

…내가 벗은 건 신발이 아닌 나의 두려움이었다.

5

엄마의 시절인연

"끊임없이 자신의 꿈을 긍정하고 쉼 없이 스스로 배우고 다듬고 자신의 꿈을 격려하라."

웨이슈잉의 『하버드새벽 4시 반』 책을 읽으며 쉼 없이 배우라는 말에 의지가 불타올라 야심차게 새벽 4시 반 알람을 맞춘다. 알람소리에 아이들이 깨기라도 하면 낭패. 울리는 즉시 알람을 꺼야 한다. 알람을 재빨리 끄고 이불 속에서 잠시 뒤척이며 깊은 고뇌에 빠진다. 일어날까 말까. 너무 추운데 오늘은 그냥 푹 잘까 말까? 자버리면 후회되지 않을까? 짧은 시간에 여러 마음이 교차하다 어떤 날은 다시 잠이 들고, 어떤 날은 졸린 눈을 비비며 겨우 거실 식탁으로 기어 나와 앉는다. 사각사각 하얀 종이

위 연필움직임의 소리가 참 좋다. 짧지만 깊고 고요한 새벽의 기록. 내 마음의 울림을 꾸밈없이 써 내려가는 아름다운 새벽 글쓰기의 맛!

엄마가 집중할 수 있는 최고의 시간은 동트기 직전, 꿈을 위해 한걸음 내딛는 새벽 시간이 있어 나를 일으켜 세우는 걸 돕는다. 감사한 시간이다. 따뜻한 물 한잔과 마음이 가는 그림책을 한권 골라 읽는다. 어느 날 아침, 고은경 작가의 『사랑하는 당신』의 글이 마음에 남아서 필사를 하다 연필이 멈추면서 굵은 눈물이 뚝뚝 떨어졌다.

"구멍 난 양말을 신을 때처럼 불쑥 허전함이 밀려옵니다."

허전하고 쓸쓸한 마음을 그림책을 보며 마주했다. 내 가슴에 뻥 뚫린 구멍으로 수시로 차디찬 바람이 휘몰아친다는 걸 깨달았다. 아이가 자라며 학년마다 새 친구가 생기듯 나에게도 새로운 인연이 닿기도 하는데 필사를 하다 말고 한 학부모와의 인연의 끝을 생각하다 마음의 파도가 거세게 휘몰아친다.

엄마의 이름표를 단지 13년 차. 이제야 나와 결이 다른 사람을 구분할 줄 아는 눈이 생겼다. 서로의 구멍을 메어 줄 수 있는 따스함을 가진 사람과 아닌 사람을.

또 다른 그림책에 손이 간다. "너 같은 거 꼴도 보기 싫어."라는 마음이 피어올라 내 속을 시꺼멓게 만들었다. 조원희 작가의 『미움』 그림책 표지에는 잔뜩 화가 난 아이의 목에 생선 가시가 걸려있다. 관계에서 힘들 때면 가끔 꺼내어 보는데 착한아이 콤플렉스를 가진 나의 최애 그림책 중 한 권이기도 하다. 그림책 한권 읽었을 뿐인데 마음이 평온해지고 선한 마음이 장착 된다. 누군가를 미워하는 '생각'만으로도 나쁜 짓을 저지른 것처럼 죄책감이 들고, 한 없이 작아진다.

살아가며 이따금 목구멍에 걸린 가시 때문에 몹시 불편하고 아프다. 우리는 미움받을 용기가 부족 해 그저 가시를 쌓아 두기도 한다. 오죽하면 기시미 이치로의 『미움받을 용기』 책이 200만 부나 팔렸을까. 학부모 사이에서도 서로를 이간질하며 왕따를 만드는 일이 허다하다고 한다. 엄마들 모임에서 서로 미움 받지 않으려 애를 쓴다. 혹여나 내 아이에게 해가 될까 노심초사하며 비상식적이고 유치한 행동을 스스럼없이 하는 어른들을 꽤 보았다.

아이나 엄마 본인도 존재 자체로 충분히 가치 있는 사람이라는 걸 종종 의심 한다. 무엇 때문에 머리가 아는 걸 가슴까지 내려가는 것이 이토록 힘들까. 머리와 가슴까지의 길이가 30센티도 안 되는데 그 거리가 한 없이 길고 멀게만 느껴진다. 머리와 가슴, 둘이 한 마음이면 덜 괴로울까? 이 유리구슬 같은 마음은 머리와 반대 방향으로 틈만 나면 데구루루 어디론가 굴러가 저 깊고 캄캄한 구석에 박혀 버린다.

구석에 웅크리고 흐느끼는 작아진 나를 일으켜 세워 햇빛 샤워를 주기적으로 해야 한다. 이제라도 내가 나를 따뜻하게 보듬어야지. 통제 불가능한 일에 대한 두려움을 있는 그대로 바라보고 인정해야지. 엄마의 삶에서 '나의 하루'라고 하기에는 내 스케줄인지 자식들의 스케줄인지 아리송한 날도 여럿 있지만 이 또한 엄마의 삶의 과정일 것이다. 자식을 위한 시간 속에 나를 지키는 시간을 꼭 넣어두어야 한다.

과연 내가 나 자신을 돌보는 일이 이기적일까? 삶에 정답은 없다. 내 경우엔 정답을 찾아 헤매던 때보다 정답이 없다는 걸 받아들인 뒤 훨씬 평온해 졌다. 정답이 꼭 있어야 하나? 언젠가 아이들 뒷바라지'만' 충실히 이행하는 엄마들을 바라보며 내 마음속에서 불쑥 이런 마음이 맴돌고 있었던 것을 고백해 본다. "에이 저렇게 사는 엄마는 틀렸어! 도대체 본인의 삶은 언제 살 건데!?"라는 마음. "자식을 위해 나를 갈아 넣고 있어요. 아이를 낳은 후 나는 없어진 것 같아요. 나 보단 아이의 행복이 우선이에요." 그리고, 이런 사람도 봤다. "내 꿈은 이다음에 손주를 키워주는 거예요." 자식을 위해 나를 갈아 넣는다는 사람도, 본인의 커리어를 위해 모든 걸 갈아 넣는다는 사람도, 과연 누가 틀리고 누가 맞을까. 다 옳은 인생이다.

자식의 꿈이 어느새 나의 꿈이 되어 버린 엄마들, 그리고 미래의 '손주 돌봄'이 꿈이라고 말한 엄마에게서 이따금 슬픔이 엿보여 마음이 쓰였지만, 이젠 알겠다. 안쓰러운 건 그 사람이 아니라 나의 마음이란 걸. 서로 결이 다를 뿐 누가 맞고 틀리고가 없다. 아이를 통해 맺는 인연들이 늘면서 시절인연 이란 게 존재할 수 있다는 걸 배웠다. 나는 지극히 관계지향적인 사람이라 정을 준 것 몇 곱절로 상처를 받지만 마음을 주지 않으려 노력하는 것은 더 어렵다. 나는 이렇게 생겨먹은 사람이다. 단, 뒤통수를 거세게 맞은 그 상흔은 여러 계절이 지났건만 좀처럼 옅어지지 않아 이따금 쓰라린다. 더 이상 시절인연에 연연하지 않고 내 마음을 먼저 지키기로 마음먹는다. 하늘 아래 모든 일에는 다 때가 있고, 인연의 끈은 보이지 않게 존재 한다.

너무 애쓰지 말자. 그저 한 시절을 함께 무탈하게 보내면 감사하고, 돌아온 시절 연이 이어지면 진실로 기꺼울 것이다. 여유를 갖고 천천히 걷자고 마음먹으며 엄마가 된 나를 찬찬히 바라본다. 어느새 훌쩍 자란 아이를 보면서 함께 내 마음을 바라본다. 이 나이가, 이 시간이 그저 흘렀겠는가! 무던히 애쓰며 살아내고 있는 내가 보인다. 다행이다. 마음을 기울이니 비로소 내가 보인다. 쓰기의 참 목적은 타인의 평가가 아닌 내가 내 마음을 보기 위함인 것을.
그것으로 충분 하다는 걸.

그럼에도 불구하고, 괜찮다. 괜찮다. 괜, 찮, 다. 덜 미워하고, 사랑을 품는 내가 되기를.

나의 글이 누군가의 마음에 가 닿기를 바라며 엄마의 시간을 이기적으로 쪼개고 쪼개어 나는 오늘도 마음을 살뜰히 살피며 아프게 때론 즐거이 마음글을 쓴다.

이기적인 엄마,
여배우 되다

나는 서윤이와 도윤이의 '엄마'이고, 공유의 '아내'이고 (내폰 연락처에 남편의 이름을 제일 좋아하는 배우 이름으로 저장해뒀기에 전화가 올 때마다 입꼬리가 올라가게 되는 마법. 지성남편, 팬···찮지? 전화 자주자주 해~), '어른들에게 그림책을 낭독해 드리고, 그림책이 주는 질문을 통하여 우리의 삶을 사유하는 '그림책테라피스트'이다.

올 해 나의 이름표가 하나 더 생겼다. '플레이백 시어터' 배우.
용감한 도전, 두근두근 합격! 극단에 입단하게 되었다. 새로운 도전을 한 올 3월을 잊을 수가 없다. 매주 화요일, 극단을 향한 왕복 2시간의 물리적 거리와 아이들을 케어할 수 없는 엄마의 부재에 대해 한동안 발걸음이 무거웠다.

내가 지금 뭐 하는 거지? 하던 일 이나 잘 하지 내가 지금 무슨 부귀영화를 누리려고 또 고행을 자초 한 것인가. 한 우물을 파야지! 뭘 하는 거야!! 내게 예술적 재능이 있기는 한 걸까? 과연 잘 해 낼 수 있는 일이 맞을까? 연습실에 나가 있는 긴 시간동안 아이들은 엄마 없는 집에서 딩굴딩굴 놀고만 있지 않을까? 하교하는 아이들을 따뜻하게 맞아주며, 든든한 간식을 차려 도란도란 함께 이야기 나누는 것이 의미 있는 일 아닐까? 나 좋자고 이렇게 나가는 건 너무 이기적인 것 아닌가? 라는 질문이 꼬리에 꼬리를 물고 엄마의 이름표를 공격한다.

연습실 나가는 화요일은 아이들 저녁 먹을 시간이 지나야 집에 들어올 수 있기에 마음이 불편하다. 그러고 보니 나는 먹는 것을 중요시 여기는 걸까?

아니다. '정서 밥'과 진짜 끼니를 동일시 여기는 내가 보인다. 요즘 혼밥도 일상화되어 있지 않은 가. 어쩌다 한번 아이들끼리 밥을 먹으면 어떤가, 일주일 한 번 배달 음식도 괜찮지 않나. 그놈의 밥이 뭐라고! 스스로 몰아붙이며, 죄책감이 스며드는 건 어쩔 도리가 없다. 정작 아이들은 괜찮을 수도 있는데(만세! 자유다! 하며 즐길지도 모를 일이다) 엄마가 없는 빈자리에서 공허감에 대한 나의 걱정이 밥 핑계를 찾아 낸 것은 아닐까. 좀처럼 익숙해지지 않는다. 빈자리.

나는 왜 이토록 혼란스러운 마음을 부여잡고 단원이 되기를 결심 했을까. 마음의 파도가 일렁이지만 이럴수록 더욱 버텨야 한다. 버티고 버티면 익숙해질 테니. 편안해질 테니!

무슨 일이든, 꾸준히 '버티는 시간'이 필요하다. 즉흥극을 함께 연습할 때, 베테랑 단원들 사이에서 손발이 오글거리는 어색함을 떨쳐 내기가 여간 어려운 일이 아니다. 매번 따스하게 바라봐 주고 그 어떤 표현 앞에서도 서로를 존중할 준비가 되어 있는 사람들이다. 지하철로 이동하는 내내 혼란스러운 마음은 극단 문을 열자마자 "안녕 스텔라!" 그 따스하고 맑은 얼굴로 내미는 인사에 얼었던 내 마음이 스르륵 녹는다.

내게 쉼 그리고 마음의 신호를 있는 그대로 알아차릴 수 있도록, 느끼는 그대로 다 표현해도 괜찮다며 보듬어 주는 귀한 자리이다. 단, 이야기의 에센스를 기깔나게 잘 잡아야 한다는 함정이 숨겨져 있지만 차차 익히게 될 터. '플레이백 시어터'라는 장르가 생소했지만 시간이 차곡차곡 쌓일수록 몸과 마음이 맑아짐을 느낀다. 극단에서의 시간은 영혼의 쉼을 선물 받는 시간이다. 경직된 몸의 감각을 바로 잡는 이완의 시간을 나는 제일 좋아한다. 단원들이 돌아가며 몸동작을 준비하고 나와 단원들의 호흡을 찬찬히 느끼며 점점 서로 섞이게 된다. 이어지는 본격적인 표현 연습 시간은 무척 힘이 든다. 나의 몸짓이 저 분의 이야기를 잘 표현하고 있는 게 맞는지, 단원들과 호흡과 눈짓을 과연 잘 맞추고 있는지, 내 몸 뚱이는 내 것이 아닌 냥 마음과 달리 움직일 땐 갑갑하고 아리송한 먹구름이 밀려오기도 한다. 그럴수록 스스로를 판단하고 평가하며 괴롭히는 마음을 살짝 내려놓는다.

긴장을 풀고 영혼의 릴렉스!

잔뜩 들어 간 몸의 긴장을 풀기 위해 애를 쓴다. 우리는 영혼의 연결됨을 표현하려 연구한다. 내 영혼이 자유로울 수 있는 진정한 쉼! 너무나 오랜 시간 스스로를 평가하고 채찍질하는 삶에 익숙해져 있던 탓에 온전히 행복감을 만끽할 수 없었다는 걸 깨닫는다. 몸과 마음을 내려놓아도 된다는 것을 느끼지만, 더 잘해야 한다고 채찍을 휘두르며 괴롭히기도 한다. 마음 한 구석에선 이런 말도 올라온다.

"이런 감정이 뭐 어때서! 누구나 늘 애쓰고 노력하며 사는 거라고. 그게 일반적인 것이라고. 다람쥐 쳇바퀴 돌 듯 그냥 그 자리에서만 맴도는 걸 원해? 내가 바라던 삶이 겨우 이거야? 다 성장하는 과정이야. 힘내! 더 잘할 수 있잖아! 멈추지 마. 더 멀리 멀리 걸어!

더 나은 내일을 위해! 부끄러운 엄마가 되지 않으려면 달려야 해! "

아, 이런 나의 속마음을 발견하면 숨이 꽉꽉 막힌다. 채찍은 버리고, 평가의 눈빛도 잊고. 나의 영혼이 즐기는 것을 느껴보자. 어떤 날은 듣고도 못 들은 척 귀를 닫아야 한다는 걸.

또 어떤 날은 눈을 더 크게 뜨고 마음으로 보아야 보인다는 걸.

나이 들어 새로운 일을 시작한다는 건 물론 쉽지 않은 도전이지만, 만약 10년 전 나였으면 이 시간을 버틸 수 있을까? 생각해보면 고민 없이 노! 이런 저런 계산을 먼저 해 가며, "나 못해! 안 해!"라고, 틀림없이 외쳤을 것이다. 하지만, '플레이백 시어터'란 직업은 사람들의 삶에 내 마음을 온전히 기울여 그분의 삶을 살뜰히 느끼기 위해 무진 애를 써야 한다. 참 어렵지만, 내 영혼의 릴렉스가 가능한 귀한 이름표이다.

새로 생긴 내 이름표가 몸에 딱 맞아 떨어지도록 몸에 힘을 빼야겠다.

우리 극단이름이 '노는 극단'이다. 너무 멋지지 않은 가.

노는 걸 잃어버린 '어른'이란 이름의 우리들. 다시, 한번 놀아보자!

"당신의 이야기를 내 마음에 담으며"

내 꿈을 향해 한 걸음 한 걸음 찬찬히 느끼며 놀자.

마흔,

새로운 꿈을 꾸기 딱 좋은 나이이다.

두 번째 사춘기,
나 홀로 산티아고

2023년 5월, 엄마 방학을 선언했다. 50일이라는 긴 시간을 이기적으로 선택했고, 스페인 산티아고 길을 걷고 돌아왔다. 누구는 분명 '저 엄마 미친 거 아니야?' 했을 거고, 누구는 '와, 저 엄마 진짜 멋지다. 부럽다.' 했겠지만, 산티아고로 떠나기로 결심한 그 순간에는 엄마의 부재로 혹여나 아이가 힘들어하지는 않을지 무척 불안했다. 떠나기 하루 전 날 밤에는, 부둥켜안고 아이와 같이 울었다. 하지만, 엄마가 떠난 뒤 오히려 자신의 삶을 척척 챙겨가며 야물딱지게 지내는 기특한 아이들을 보면서 엄마로서의 걱정과 근심은 서서히 옅어졌고, 오롯이 나로 존재할 수 있었다. 우리는 각자의 자리에서 최선을 다해 성장하였다.

결혼 후 처음 느껴보는 오롯이 혼자만의 시간에서 나는 나의 밑바닥을 보고 싶었다. 사랑이란 이름 속에 가려진 의존성. 나의 존재의 이유와 능력의 쓸모를 확인하고 싶었고, 진짜 나를 찾고 싶었다. 엄마라는 이름표를 달고 마음과는 다른 방향으로 걸어가는 내 모습이 불편했다. 몸에 맞지 않는 남의 옷을 얻어 입고 살아가는 느낌이랄까. 누구의 아내, 누구의 엄마가 아닌, 온전한 나의 모습, 나를 찾아 걷는 길이 험난했지만 전혀 예상하지 못한 기쁨과 깨달음이 있었으니 이기적인 엄마의 시간을 통해 나는 분명 성장 하였다.

쉼표의 시간, 내가 할 수 있는 모든 것을 하고 싶었다. 억압해 오던 여러 감정을 마음껏 표출하고 싶었지만 평생 습이 되어버린 '괜찮은 척' 병은 없애기가 참 어렵다. 하지만 느리지만 조금씩 표현하는 힘이 생겼다. 엄마가 되기 전에는 '모 아니면 도'의 인생을 살았다 해도 과언이 아닐 정도의 강하고 직설적인 표현으로 나를 지키는 일상이 당연했지만, 엄마라는 이름표는 한 사람의 성향까지 뒤바꿔 놓는다.

달리 생각하면 '엄마라는 이름표'를 달고 나면 나 밖에 모르던 인간이 좀 더 깊어지고 무르익는 시간을 선물 받는 셈이다. 그 귀한 선물을 받고도 어렵다, 지친다며 더 이상 내 자리를 부정하지 말아야 한다. 한 아이를 20년간 바르게 성장하는 걸 돕고, 번듯하게 자립시켜야 한다는 강박

이 내 안에 있어서일까? 세상에서 제일 어려운 것이 엄마의 자리는 맞지만 또한 세상에서 가장 행복한 자리도 바로 여기다. 엄마라는 이름을 갖게 된 감사한 '첫 마음'이 옅어지지 않길 바란다.

학생들처럼 엄마들도 짧든 길든 이기적인 방학을 만들어 내 마음을 정화하는 시간이 꼭 필요하다. 혹여 '과거의 나'처럼 걱정을 사서 하는 엄마들에게, "아무 일도 일어나지 않습니다. 다 괜찮습니다."라고 말해 주고 싶다. 내 삶을 잘 가꾸기 위해서는 지금 있는 자리에서 조금 거리를 두고 객관적으로 바라보는 것이 중요하다는 걸 물리적 거리를 통하여 몸소 배웠다. 매일 눈앞에 펼쳐지는 풍광 앞에서는 감사함이나 아름다움을 직시하지 못하는 것처럼 사고의 전환 또한 쉽지가 않으니 적당한 거리를 두고 바라보는 법을 익히면 어떨까?

지구 반 바퀴를 날아가 엄마의 방학에서 내가 배운 것은 인내의 시간, 인생의 오르막이 있으면 분명 내리막도 있다는 것. 또한 탄탄대로가 펼쳐진 평지가 결코 쉽지만은 않다는 것. 험난한 길도 때가 되면 다 끝이 난다는 것.

그리고 이 또한 지나갈 것을 믿는다면 엄마도 아이도 분명 단단해진다.

사춘기 소녀와 두 번째 사춘기를 맞은 마흔 엄마의 좌충우돌 사건사고는

끝없이 펼쳐지겠지만, 나는 믿는다. 서로 각자의 마음을 보살피며 감사히 새날을 맞이한다면 분명 단단해질 것이라는 믿음. 흔들려도 괜찮고, 타인의 잣대에 맞춰 빨리 빨리 속도를 올리지 않아도 되고, 걷다가 지치면 잠시 쉬어가도 괜찮다는 것. 지금이라도 느림의 미학을 깨달아서 다행이다.

불안하고 걱정이 휘몰아 칠 때는 기도하자. '아직' 갖지 못한 것에 연연해하지 말고, '이미' 가진 것에 감사하자. 통제 불가능 한 일에 에너지를 쏟기 보다는, 오늘 내가 할 수 있는 통제 가능한 일에 몰두하며 귀한 하루를 잘 살아내자. 그리고 내새끼 입과 몸으로 들어갈 것에만 온 마음을 쏟지 말고 엄마인 나도 먹고 싶은 것, 원하는 것, 그리고 엄마 자신의 꿈을 위해 욕심을 좀 더 내어 보자. 도전을 멈추지 않는 엄마들이 더 많아졌으면 좋겠다. 작은 꿈이라도 온 마음을 다해 나만을 위한 시간이 있다면 분명 열매 맺는 날은 오고야 말테니. 나를 잘 가꾸기를.

그리고 스스로에게 좀 더 다정한 엄마들이 점점 많아졌으면 좋겠다. 엄마 스스로 먼저 쉼을 허락하고, 다정함을 잃지 않는다면 우리 아이들이 살아갈 세상은 조금 더 밝아지지 않을까. 엄마의 이기적인 시간을 통하여 이타적인 삶을 익힐 수 있다는 걸, 우리 모두가 몸으로 느낄 수 있기를 바래본다. 50일의 엄마방학 꿈을 이뤄 내며 나는 영혼의 쉼이 얼마나 중요한지 몸으로 익혔다. 그렇게 묵묵히 가슴 속에 품은 노란 화살표

의 꿈을 향해 찬찬히 걸어가는 아름다운 사람들 곁에서 또 새로운 꿈을
꾼다.

당신의 나이는 당신이 아니다.
당신이 입는 옷의 크기도 몸무게와 머리 색깔도 당신이 아니다.
당신의 이름도 두 뺨의 보조개도 당신이 아니다.
당신은 당신이 읽은 모든 책이고 당신이 하는 모든 말이다.
당신은 아침의 잠긴 목소리이고 당신이 미처 감추지 못한 미소이다.
당신은 당신의 웃음 속 사랑스러움이고 당신이 흘린 모든 눈물이다.

시린 가을에 어울리는 에린 핸슨의 「아닌 것」 시 한편으로 애쓰는 엄마
들의 마음에 인사를 나누고 싶다. 오늘도 모든 엄마들이 나답게, 마음 안
녕하기를 바란다.

6장

좋은 엄마 말고
행복한 엄마

김효선

엄마 그리고 엄마의 엄마

엄마는 8남매 중 막내로 태어났다. 첫째 오빠와는 20세, 둘째 언니와는 12세, 셋째 언니와는 6세 차이가 났다. 그 사이 형제가 4명 더 있었는데 일찍 세상과 이별했다. 귀한 아이들을 먼저 떠나보낸 할머니는 늦둥이를 낳았다. 그 늦둥이가 엄마였다. 일 한 번 시키지 않은 막내딸이 혼기가 찼다. 이웃 마을에 사람 좋고 성실하다는 총각을 소개받았고, 엄마는 그 총각과 23세에 결혼했다.

그는 듣던 대로 성실했다. 이른 아침부터 해 질 무렵까지 산에서 일했고, 집에 돌아와서도 쉬지 않았다. 하지만 혼자 대가족의 생계를 책임지기란 어려운 일이었다. 이대로는 안 되겠다는 생각이 들 즈음 '서울에는 일자리가 많아서 돈을 잘 번다.'는 소문이 돌았고 단출하게 짐을 꾸려 고향을 떠났다. 서울 달동네에 터를 잡고 일감이 있는 곳이면 어디든 달려갔으나 쉬는 날이 많은 달에는 종종 쌀을 꿔다 먹었다.

엄마와 언니가 구멍가게 앞을 지날 때였다. 순하디 순한 언니가 아이스크림을 먹고 싶어 떼를 썼다. 끼니도 거르는 상황에 아이스크림은 사치였다. 그 사실을 알 리 없는 언니는 울었고 엄마 역시 울고 싶은 심정이었다. 이 모습을 지켜보던 어르신이 엄마에게 한마디했다. "거~ 아이스크림이 얼마나 한다고 안 사주는 거요!" 그 말이 가슴에 두고두고 남은 엄마는 막내인 내가 걷기 시작할 무렵부터 밖으로 나가 일했다.

맞벌이를 시작하자 형편이 나아졌다. 엄마는 평일이면 새벽 4시에 일어나 네 식구가 먹을 아침 밥상을 차렸고 세 아이가 먹을 도시락을 쌌다. 엄마가 회사에 도착할 무렵 삼 남매는 든든하게 아침밥을 먹었다. 점심이면 엄마가 싸준 도시락을 꺼내 먹었는데 그 안에는 좋아하는 반찬이 두 가지 이상씩 들어 있었다. 학교에서 돌아와 집 앞에서 뛰놀다 보면 엄마가 돌아왔다. 엄마의 양손은 늘 묵직했다. 한 손에는 오늘 저녁과 내일 밥상에 오를 식자재가 가득했고, 다른 한 손에는 요구르트 5줄과 다양한 간식거리가 들려 있었다. 엄마가 저녁 밥상을 차리는 동안 우리는 TV 앞에 쪼르르 앉아 요구르트를 마셨다.

그렇게 평일을 보내고 나면 엄마가 쉬는 주말이 왔다. 토요일이면 엄마는 우리가 돌아올 시간에 맞춰 간식을 준비했다. 대문 앞에서부터 맛있는 냄새가 나를 반겼다. 집에 들어서면 엄마는 음식을 서둘러 내주셨는데. '오징어 튀김, 고구마 맛탕, 떡볶이, 김밥, 샌드위치, 과일 샐러드' 등등 종류도 다양했다. 배불리 먹는 우리를 보는 것이 엄마의 유일한 낙이었으리라.

휴가도 없이 일하는 엄마와 밤낮이 바뀌어 일하던 아빠는 여유가 없었다. 명절에 친가에 가기조차 쉽지 않을 때라 외가에 가는 것은 상상조차 할 수 없었다. 그러다 온 가족이 외가에 가는 일이 생겼다. 집 근처를 벗어나 본 적 없는 나는 할머니 집에 간다는 것 자체로 설레었다. 서울 최외곽에서 충청남도 고루머리로 가는 길은 생각보다 멀었다. 이른 아침 출발해 해가 중천을 넘기고 나서야 버스에서 내렸다. 다시 시내버스를 탔고 한참을 달려 내린 길목에는 시냇물이 흐르고 있었다.

그 길을 따라가니 언덕 끝에 집 한 채와 감나무 한 그루가 보였다. 그 사이로 사람 형태가 보였는데 백발에 쪽 찐 머리, 흙이 잔뜩 묻은 맨발이 눈에 들어왔다. 내 눈높이만큼이나 허리가 굽은 그이는 나를 향해 돌진해 왔다. 말로만 듣던 마귀할멈이 있다면 이런 모습일까? 내 앞에 선 그이가 당장이라도 내 손을 낚아챌 것 같아 황급히 엄마 뒤에 숨었다. 오도

카니 서 있는 그이가 무서워 울고 있는데 엄마는 당황한 목소리로 말했다. "괜찮아. 외할머니야." 엄마가 여러 차례 말했지만, 사실이 아니기를 바랐다. 내가 그린 할머니 모습은 이런 모습이 아니었다. 할머니 집에 도착해서는 할머니 눈을 피해 요리조리 숨어다녔다. 그 사이로 '끼~익'하는 소리가 들려왔다. 곳간 문이 열리고 그 안에서 할머니가 나왔다. 양손에 무언가를 한 아름 든 채 주위를 살피는 할머니가 보였다. 두리번두리번하던 할머니는 나를 발견하고 조심스레 다가왔다. 주름진 손에 들려 있던 것을 아무 말 없이 내 손에 쥐여주셨다. 나는 호기심 어린 눈으로 그것을 내려다보았다. 명절에만 한두 번 맛봤던 유과며 약과, 젤리와 옥춘당이 손안에 가득했다.

유과가 부드러웠기 때문일까? 아니면 옥춘당이 달콤했기 때문일까? 무서웠던 마음이 사라진 나는 대청마루에 앉아서 간식을 먹었다. 다시 '끼~익' 하는 소리와 함께 곳간 문이 열리면 그곳에는 어김없이 할머니가 서 있었다.

어느 주말 아침, 요란하게 전화벨이 울렸다. 전화를 받은 엄마는 주저앉아 목놓아 울었고 옆에 계신 아빠는 엄마를 한참이고 쓰다듬어 주셨다. 할머니를 다시 만날 수 없다는 것을 직감했다.

나는 어느덧 직장인이 되었다. 집을 나와 일했고 10년 차쯤 되었을 때 결혼했다. **아이를 낳아 키우면서 기억 저편에 사라졌던 엄마와 할머니 모습이 자주 생각났다.** 학교에서 돌아온 아이들이 바로 먹을 수 있도록 튀김을 하던 엄마와 아무 말 없이 간식을 건네던 할머니가 더욱 생생해졌다.

$$2$$

그렇게 나는
엄마이기를 포기했다

할머니와 엄마를 오래도록 그려왔기 때문일까? 배 속에 아이가 있다는 사실을 아는 것만으로도 모정이 넘쳤다. 임신 기간에는 하나를 먹더라도 질 좋은 음식을 먹었고 많이 자고 많이 웃었다. 임신 초기를 지나고부터는 주 3일 출산센터로 향했다. 아이와 교감하는 법을 배우고 자연분만을 위해 임산부 요가를 했다. 태어나자마자 입을 배냇저고리와 잠자리에 쓸 이불과 베개를 손수 만들었다. 임신 기간 내내 태어날 아이를 생각하고, 내가 좋아하는 것을 먹고 하고 싶은 일을 했다.

출산 후 바로 움직일 수 있을 정도로 빠르게 회복한 나는 아이와 한 시도 떨어지고 싶지 않았다. 산후조리원을 1주일 만에 퇴소하고 집으로 돌아왔다. 혼자 왔던 길을 둘이 되어 가는 길이 낯설었지만 두렵지는 않았다. 집으로 돌아온 나는 모유만 먹이고 싶었지만, 모유를 다 먹은 아이는 여전히 입을 오물거렸다. 산후조리원에서 먹이던 분유를 마저 먹이고 나서야 아이는 잠들었고, 나는 부족한 모유량을 늘리기 위해 2시간마다 젖을 짰다. 회사에 복직해서는 점심시간을 이용했고 그렇게 6개월을 수유했다. 이유식을 먹을 시기를 앞두고는 책을 2권 샀다. 책에 소개된 조리도구를 샀고 생협 두 곳에 가입했다. 이유식을 만들기 위해 하루 이틀 전에 장을 봤고 새로 산 조리도구와 유기농 재료로 이유식을 만들었다. 그날 만든 이유식을 남김없이 먹은 아이는 평균보다 빠르게 자랐다.

나와 아이 옆에는 조력자가 많았다. 내가 일하는 동안 아빠와 엄마 그리고 언니가 우리 집에 와서 아이를 돌봤다. 밤에는 잠귀 밝은 남편이 먼저 일어나 아이를 안았다. 임신과 출산, 육아까지도 쉬웠던 나는 첫째 아이 돌잔치가 끝나고 둘째 아이를 낳기로 했다. 몸을 만들었고 출산할 시기를 계산했다. 둘째 아이는 한 달 일찍 태어나 조금 작았지만 역시 잘 먹고 잘 자고 잘 웃었다.

첫째 아이는 친정 부모님과 언니의 사랑을 듬뿍 받으며 자랐다. 할머니가 해주는 밥을 먹고, 할아버지와 공놀이하고, 이모와 충분히 놀았다. 매일 산책하고 매일 춤추는 아이 사진을 보고 있노라면 나 역시 기분이 좋았다. 하지만 마음 한구석이 저릿할 때가 있었다. 사랑스러운 아이와 함께하고 싶다는 생각이 커지고 있었기에 둘째 아이를 낳으면 휴직해야 겠다고 마음먹었다. 쉽지 않은 분위기였지만 출산 후 1년을 휴직했고 꿈 꾸어 오던 날들이었기에 내 안에 있는 모든 에너지를 쏟았다. 하지만 아 이들은 내 마음처럼 자라지 않았다. 첫째 아이 행동이 이해되지 않아 괴 로웠고, 둘째 아이가 병원에 입원했던 기억이 떠오를 때마다 행여라도 아플세라 노심초사했다. 불안하고 예민해진 나는 자그마한 일에도 불쑥 불쑥 화를 냈지만, 그 시간이 미안해서 휴직을 연장했다. 그러나 그 선택 은 나와 아이들에게 더 큰 생채기만을 남겼다.

회사로 돌아간 나는 그간의 빈자리를 채운다는 이유로 업무에 몰입했 고, 아이들은 친정엄마가 돌봐주셨다. 밝고 환한 첫째 아이 모습이 온데 간데없어 엄마는 당황했지만, 더 정성껏 아이를 보듬었고 더 아이를 위 했다. 하지만 아이는 그럴수록 화를 낼 뿐이었다. 나에게 억눌렸던 감정 이 할머니에게로 분출된 것이다. 아이는 어린이집에 가지 않으려 했고 말하지 않았다. 잘 먹지 않아 자주 아팠고 치료받기를 힘들어했다. 그 상 태로 초등학생이 된 아이는 그 어느 때보다 힘든 시간을 보내고 있었다. 그러다 초등학교 2학년을 앞두고 코로나19가 시작됐다.

모든 수업이 비대면으로 바뀌었고 아이는 집에서 수업을 받았다. 아이가 힘들어하고 있다는 것을 알고는 있었지만 가까이에서 지켜본 아이는 어려움을 넘어 불안한 모습이었다. 선생님 질문에 대답하기 바쁜 아이들 사이로 허공만을 바라보는 아이가 안쓰러워 견딜 수 없는 엄마가 어느 날 나에게 말했다.

"아이가 많이 힘들어하고 있어. 네 사랑이 필요해."

2년의 육아휴직을 하며 자신감이 떨어진 나는 아이를 잘 돌볼 자신이 없었다. 감정선이 잔잔하고 세심한 남편이 아이들을 돌보는 것이 나은 선택이라고 생각했다. 하지만 한껏 예민해진 아이 마음을 알아차리기란 남편 역시 쉽지 않았으리라. 그 사실을 알고는 있었지만, 그때의 나는 모든 책임을 남편에게로 돌렸다.

"학교를 지각시키면 어떻게 해? 더 빨리 챙겼어야지."
"아직도 밥을 안 먹였어? 억지로라도 먹였어야지."
"숙제를 안 하면 어떻게 해? 그래도 시켰어야지."

퇴근하고 돌아온 나는 남편이 못마땅해 아이를 혼냈고, 아이가 못마땅해 남편에게 화냈다. 그러는 사이 남편에게 극심한 우울감이 찾아왔지만, 나는 그 사실을 알지 못했다. 무기력하고 힘없는 남편을 볼 때마다 화가 솟구칠 뿐이었다.

'부모가 그 정도도 못 버텨?'
'왜 이렇게 책임감이 없어?'
'나는 뭐 쉬워서 하는 줄 알아?'

혼자만 전전긍긍하는 게 억울해서 미친 듯이 날뛰자 참다못한 남편은 화를 냈고 그 분노가 아이들에게까지 번졌다. 남편이 아이들을 온전히 챙기기 어려워지고 나서야 나는 뒤를 돌아보았다. 그러자 보이지 않던 사실이 눈에 들어왔다. **내가 내뱉은 말을 조용히 삼키고 있는 남편의 지친 모습이 보였고, 내 애정을 갈구하는 아이들의 눈빛이 보였다.** 하루에도 수십 번 수백 번 반성했고 눈물을 흘렸다. 나를 비난하는 시간이 길어지자, 후회만 하는 내가 한심해졌다. 매주 명상 동호회에 참가해 마음을 살피고 매회 상담센터를 찾아가 위로받았다. 그렇게 1년을 보내고 나서야 나에 대한 책망이 옅어졌다.

'다시는 화내지 말아야지.'
'욕심을 버려야지.'

다짐하고 또 다짐했지만, 명상하고 상담을 한 그때뿐이었다. 불편한 감정을 눌러놓기만 했기 때문인지 피곤이 몰려오면 그전보다 더 강하게 화를 냈다.

　이런 날들이 반복되자 남편이 나에게 말했다.
　"네가 아무것도 하지 않았으면 좋겠어."
　"차라리 노력하지 마."

　화가 좀 가라앉은 나에게 아이들이 다가와 말했다.
　"엄마, 이제 괜찮아?"
　"화 풀렸어?"

　내 눈치를 살피는 남편과 아이들이 어느 때보다 불안해 보였고 더는 이들을 괴롭히고 싶지 않았다.

　'사람은 고쳐 쓰는 것이 아니라던데.'
　'나는 변할 수 없을 거야.'

　이런 생각에 다다르자, 내가 없는 편이 나을 것 같았다. 그렇게 나는 엄마이기를 포기했다.

3

42센티미터에서 할 수 있는 일

엄마이기를 포기하고 나니 시간이 많아졌고 그 시간에 자기 계발을 하기로 했다. 다만, 시작하려니 마음에 걸리는 것이 하나 있었다. 예전의 나를 미루어 보면 시작만 할 뿐 마무리하지 않을 것이 뻔했다. 이토록 소중한 시간을 허송세월하기에는 남편과 아이들을 볼 염치가 없었다. 누군가와 함께하면 조금이라도 낫겠지 싶어 검색 창에 '자기 계발'을 입력했다. 엄마이기를 포기했지만 어쩔 수 없는 엄마인 걸까? 찾고 찾아 들어간 곳은 다름 아닌 '통하는 엄마 학교'라는 커뮤니티였다. 대화 공간에는 천 명이 넘는 엄마들이 있었고 매일 무료 강의가 열렸다. 명확한 꿈을 꾸는 이들 사이로 나만 제자리걸음 같았다. 하지만 무언가를 해보겠다는 의지는 생기지 않았다. 다만, 여유로워진 저녁 시간을 때울 뿐이었다.

아무 생각 없이 강의를 들은 지도 한 달이 지났다. 그즈음 내 눈을 사로잡는 모집 글 하나가 대화창에 올라왔다. '하루 한 장, 이솝 우화 하브루타'라는 이름을 보자마자 '이건 나도 할 수 있겠는데.'라는 생각이 들었다. 아무리 책을 읽지 않는 나라도 하루에 한 장 정도면 무리 없이 읽을 수 있겠다. 한 달에 21개의 우화를 읽으려면 작심삼일 7번이면 되었다. 가벼운 마음으로 신청해서 활동했다.

이솝 우화를 40개쯤 읽었을 때 모임 리더 블로그에서 '서평단' 모집 글을 봤다. '서평단 활동을 하면 어떻게든 책 한 권은 읽겠지.'라는 기대감이 생겼다. 신청을 위해 온라인 모임에 가입하고 어떤 활동을 하는 곳인지 둘러보았다. 그곳에는 재주 많은 이들이 많았고 자신의 재능을 나누며 서로의 성장을 돕는 곳이었다. 주 활동 객체도 엄마인 것이 마음에 들었고 수시로 들락날락하며 그들의 하루를 읽었다.

꿈이 많기 때문일까? 엄마이기 때문일까? 그도 아니면 혼자일 수 있는 시간이 새벽뿐이기 때문일까? 이른 아침부터 인증 글이 쏟아졌다. 새벽 기상을 한 이들은 책을 읽거나 글을 썼다. 외국어를 듣거나 달리기하는 이들도 있었다. 새벽부터 활기찬 이들이 경이로웠고 나도 합류하고 싶어 새벽 기상하는 나를 그려보았다.

'새벽 6시 20분쯤 버스를 타야 하니 기상은 4시면 적당하겠다. 일어나 자마자 1분 호흡 명상을 한다. 명상이 끝나고 식기세척기에 설거지 거리를 넣는다. 작동을 시킨 후 반려견과 함께 운동장 한 바퀴를 걷는다. 강아지 발을 씻기고 나도 씻는다. 5시 30분쯤 다기를 꺼내어 허브 잎을 넣는다. 끓인 물을 부어 우리는 사이 책장 앞으로 간다. 그날 끌리는 책 한 권을 들고 와서 식탁에 앉는다. 차를 마시며 책을 읽다가 6시가 되면 옷을 입고 음식 쓰레기를 챙겨 밖으로 나온다. 그러고는 맑은 공기를 마시며 통근버스를 타러 간다.'

이렇게 멋진 아침이 또 있을까? 올빼미형인 내가 '새벽 기상'이라니⋯. 생각만 해도 뿌듯해졌다. 설레는 마음으로 며칠은 새벽 기상에 성공했다. 아니, 제대로 못 잤다고 하는 편이 맞겠다. 잠을 줄였기에 하는 일은 많아졌지만, 몸이 개운하지 않았다. 피곤하니 쉽게 짜증이 났고 더군다나 새벽 기상을 한 다음 날에는 늦잠을 자느라 출근 버스를 놓치기 일쑤였다.

이 상태로 지속하기에는 몸도 마음도 해칠 것 같아 새벽 기상을 중단했다. 하지만 이미 시작한 일들이 있어 다른 방법이 필요했다. 어떻게 하면 좋을지 고민했고 답은 바로 나왔다. 나에게는 습관적으로 잠을 자거나 SNS를 보며 시간을 보내는 장소가 하나 있었다. 45인승 버스 안, 한

자리는 하루에 적게는 3시간 많게는 4시간을 보내는 공간이다. 무엇을 향해 가야 할지 명확하지 않았지만 42센티미터 밖에 되지 않는 자리에 앉아 한 발짝씩 나아갔다.

때로는 책을 읽고 감사 일기를 썼다. 때로는 명상하고 긍정 확언을 되뇌었다. 좋아하는 팝송을 반복해서 듣고 외국영화 한 편을 돌려봤다. 그렇게 보낸 하루를 잠자리에 눕기 전 기록했다. 나는 글을 남겼고 같은 목표를 향해 달리는 이들은 내 글에 메시지를 남겼다.

'오늘은 이만큼밖에 못 했어요.'라고 말하면
'그 대신 더 중요한 일을 했을 거예요.'라고 말해 주는 이가 있다.

'이번 달은 완주에 실패했어요.'라고 말하면
'그중에 며칠은 성공한 거예요.'라고 말해 주는 이가 있다.

실패한 하루는 도전하는 날이 되었고, 시작하지 못한 하루는 준비하는 날로 변했다. 내가 앉은 한 자리는 좁지만 충분했고 어두웠지만 잠들지 않았다.

하루 한 장과 1일 1행,
그리고 100일 글쓰기

짧게는 한 달, 길게는 1년 6개월 동안 많은 활동을 했다. 매일 이솝 우화 한 편을 읽고 질문했으며, 해보지 않았던 일에 도전하고 무조건 글을 썼다. 그러자 변할 것 같지 않았던 내 모습이 차츰차츰 바뀌어 갔다. 가만히 있었다면 몰랐을 모습이고, 포기했다면 볼 수 없었을 모습이다.

〈하루 한 장, 하브루타〉

이솝 우화를 매일 읽었고 매일 질문했다. 주 1회 온라인 공간에서 토론하며 '이렇게 생각할 수도 있구나.' '그래서 그랬구나.'라며 그들을 이해하려고 애썼다. 하지만 마음 한쪽에서 불편한 마음이 피어오르는 중이었다.

'사람이 왜 저렇게 못됐을까?'

'동물들은 왜 이리 어리석을까?'

'신이라는 작자가 왜 저런 심보를 가졌지?'

358편이나 되는 이솝 우화 중에 현명하고 인자한 인물은 없는 걸까? 내가 바라는 인물이 오래도록 나오지 않자, 화가 나기 시작했다. 이런 모습을 보려고 기다린 것이 아니었다. 그러다 내 입 밖으로 다른 질문들이 쏟아져 나왔다.

'저렇게 행동하는 이유가 있을까?'

'무엇이 그토록 두려웠을까?'

질문을 바꾸자 화났던 그들 모습이 측은해졌다.

'다른 선택을 하려면 어떻게 해야 할까?'

'옆에 있는 이들과 대화했다면 어땠을까?'

화났던 마음이 걷히자 불편했던 일들이 다르게 보였다. '도대체 왜?'라며 나와 남을 탓했던 일들이 '어떻게 하면 좋을까?'라는 질문이 되어 돌아왔다.

불안이 높은 나는 알 수 없는 다음이 무서웠고, 무서울수록 화가 났다. 불안한 마음은 질문을 통해 명확해지고 나서야 안심할 수 있었다. 어떤 날은 확신에 찼고, 또 어떤 날은 생각을 달리했다. 덜덜 떨며 주저앉아 있던 나는 비로소 나아갈 채비를 할 수 있었다.

〈1일 1행〉

책을 조금이라도 읽어볼 요량으로 가입한 온라인 커뮤니티에서 '1일 1행'이라는 활동했다. 하루에 한 가지를 실천하고 사진을 찍는다. 그날 한 일을 23시 59분 전에 커뮤니티에 남기면 같은 목표로 나아가는 이들이 메시지를 남겼다. 나 역시 그들의 글을 보며 감탄한 마음을 표했다. 하나의 활동을 하니 다른 활동들도 궁금해졌다. 수많은 1일 1행을 하며 여태까지 경험해 보지 못한 감정을 느꼈다.

새벽 기상을 하며 고요한 순간의 신비로움을 맛봤고, 부담스럽기만 했던 영어는 영화 〈원더〉를 보며 친숙해졌다. 머리 아프다며 보지 않던 경제 뉴스를 찾아보기 시작했고, 완독하려는 마음을 비우며 하루 10쪽을 읽었다. 소리 내 책을 읽으며 내 목소리와 친해졌고, 그림책 놀이를 하며 책은 읽기만 하는 것이라는 편견을 버렸다. 감사 일기를 쓰며 불만스럽기만 한 일이 감사해졌고, 긍정 확언을 하며 편안하게 잠들었다. 명상하며 있는 그대로 보는 연습을 했고, 비움을 하며 널브러져 있는 물건을 정리하니 숨통이 틔었다. 집에서는 스트레칭하고, 밖에서는 만 보를 걸었다. 몸을 움직이자 가라앉았던 기운이 올라왔다.

완주한 때보다 완주하지 못할 때가 월등히 많지만 아쉽기보다는 감격스러웠다. **꾸준하지 못한 내가 오랜 시간 노력하고 있다는 모습만으로 만족했고, 해보지 않은 일에 대한 갈증을 채웠다.** 그러자, 피곤한 아침이 상쾌해졌고, 나른한 오후는 활기찼다. 축 처져서 퇴근하던 발걸음은 가벼워졌고, 잠자리에 누운 밤은 평온했다.

〈무쓰무행〉

'무쓰무행'이라는 단어를 본 순간 든 생각이다.

'무조건 쓰면 무조건 행복해진다고?'

'쓰는 게 뭐기에 행복해진다는 거지?'

'고작 21일 만에 그게 가능하다고?'

의아했지만 어떤 일이 일어날지가 더 궁금했기에 모집 글에 바로 댓글을 달았다.

'무쓰무행 10기에 신청합니다.'

첫날, 리더가 준 주제를 보고 글을 써 내려갔다. 무미건조한 얼굴에 미소가 번졌고 마음 닿는 대로 썼을 뿐인데 불만스럽기만 한 일들이 다시 보였다. 그렇게 좋은 시간이 며칠 지났다. 그러나 긴 연휴로 쓰지 못한 글들이 쌓였고 밀린 글을 쓰자니 귀찮고 버거웠다. 21일 동안 모두 써야 한다고 강요하는 이는 아무도 없었지만 그만큼 좋았기에 흘려보낸 감정들을 붙잡고 싶었다. 기억을 더듬어 가며 그날에 웃었던 일, 감사한 일, 칭찬할 일, 실현하고 싶은 일, 그리고 주제에 대한 글을 적었다. 21개 글을 모두 쓰고 나자, 처음에 들었던 의구심이 풀렸다. 무조건 썼지만 무조건 행복하지는 않았다. 다만, 행복은 좇는 것이 아니라 발견하는 것임을 알았다. 그로부터 100일 동안 더 글을 썼다. 더 많이 울었고 더 많이 웃었다. 그리고 그전보다 더 행복해졌다.

(5)

쉬는 중입니다

누군가가 나를 괴롭히면 이유를 나에게 찾았다.

'똑 부러지지 못한 나 때문이야.'

누군가가 나를 속이면 내 탓으로 돌렸다.

'속은 내가 바보지.'

그래서 똑똑하고 싶었고 앞서 나가고 싶었지만, 마음처럼 되지 않았다.

'나는 왜 이렇게 못났을까?'

'나는 왜 이렇게 꾸준하지 못할까?'

비난에는 끝이 없었고, 노력할수록 힘에 부쳤다. 속상한 마음을 털어놓고 싶었지만, 누구에게도 말하지 못했다. 온전히 내 힘으로 감당해야 내 것이 되는 줄 알았고, 나약한 모습을 보이기가 부끄러웠다. 가족과 친구에게도 말할 수 없는 나는 심리상담센터 문을 두드렸다.

처음 상담하는 날, 불만족스러운 내 모습과 달라지고 싶은 내 모습을 털어놓았다.

"부족한 내가 싫어요."

"성격을 바꾸고 싶어요."

상담사는 내 말을 다 듣고 질문했다.

"그렇게 하고 싶은 이유가 있을까요?"

"그렇게 하지 못한 이유는 무엇일까요?"

가장 이루고 싶은 일을 하나 선택하라고 했고, 무절제한 소비를 줄이고 싶다고 말했다. 상담사가 하라는 대로 따랐고 몇 달 지나지 않아 계획보다 적은 소비를 했다. 하나에 성공하고 나니 또 다른 고민거리가 보였다.

이번에는 불만족스러울 때 나타나는 내 모습을 말했다.

"아이가 제때 숙제하지 않으면 화가 나요."

"남편이 주말에 늦잠을 자면 화가 솟구쳐요."

상담사는 내 말이 끝날 때까지 들어주었고 역시나 질문했다.

"아이가 숙제하지 않으면 어떻게 될 것 같은가요?"

"남편이 늦잠을 자면 무슨 일이 일어날 것 같은가요?"

바람대로 행동하지 않아 화가 나는 줄 알았던 나에게서 의외 답이 나왔다.

"아이들을 잘 키우고 싶어요. 하지만 잘되지 않아요."

나약해지는 것이 두려워 감춰두었던 마음을 꺼내 놓던 날, 하염없이 눈물이 났다. 눈물을 다 닦아내고 나서야 마음속에 묻어 둔 말을 남편과 아이들에게 하나씩 꺼내어 놓았다.

"여보, 나도 힘들어. 좀 도와줘."

"얘들아, 엄마가 오늘은 피곤해서 놀아줄 수가 없어."

그렇게 말한 나는 작은 방문에 '쉬는 중입니다' 팻말을 걸어 두고 혼자만의 시간을 가졌다. 보고 싶던 만화책을 읽거나 눈을 감고 있노라면 나직한 남편의 목소리, 깔깔깔 웃는 아이들의 웃음소리가 들렸다. 때론 남편이 아이들 혼내는 소리, 아이들이 다투는 소리가 들려왔다. 예전의 나라면 부리나케 달려 나가 왜 그러는지, 누구의 잘못인지를 따졌을 것이다.

하지만 지금은 그렇게 하지 않는다. 충분히 쉰 후 책을 덮고 작은 방문을 열었다. 그러면 아이들은 나에게 다가와 먼저 말하기에 바빴다.

"엄마, 나 아빠한테 혼났어."
"엄마, 형이 나 때렸어."
"엄마, 동생이 내 물건 망가뜨렸어."

아빠가 혼냈다며 툴툴거리는 아이들 모습이 사랑스럽다. 형이 괴롭혔다고, 동생이 장난쳤다고 이르는 모습 또한 귀여워 웃음이 났다. 아이들 말이 끝나면 나는 짧게 몇 마디를 한다.

"그랬구나. 속상했겠다."
"그랬구나. 불편했겠다."
"그랬구나. 아팠겠다."

내 대답이 만족스러운 아이들은 언제 속상했냐는 듯이 다시 놀았고 나는 미뤄둔 설거지를 하기 위해 싱크대 앞에 섰다. 설거지 거리가 많다며 힘들어하던 나는 사라지고, 어느새 콧노래를 흥얼거리고 있었다.

선택했다, 이기적이기로

나는 해맑은 아이였고 이야기를 잘 들어주는 친구였다. 나는 웃음이 많은 애인이었고 순응하는 직장인이었다. 스스로 놀랄 만큼 욕심이 없고 싫은 것이 적었다. 그렇게 30년을 넘게 살아온 내가 어쩌다 이렇게 되었을까? 모든 것을 다 내어주어도 아깝지 않을 아이에게 왜 그토록 야박했을까?

지금에 와서 돌이켜 보면 '착한 사람'이라는 타이틀이 마음에 들었고, '좋은 엄마'라는 수식어까지 필요했는지도 모르겠다. 엄마라면 당연히 그래야 하는 줄 알았고 그 틀에 나를 꿰맞췄다. **내가 가진 모양을 뒤틀고 아이들이 가진 색깔을 바꾸려 했다.**

아이만 생각하고 아이만 바라보고 아이만을 위한 시간을 보냈지만, 정작 아이는 행복하지 않았다. 잘못된 길을 가고 있다는 것을 알았을 때 나는 좋은 엄마이기를 포기했다. **나만 생각하고 나만 바라보고 나만을 위하는 시간을 가진 후에야 알았다.** 나는 할머니처럼 선한 마음씨를 갖고 있지 않았으며, 엄마처럼 잘 견뎌낼 힘이 없었다. **남편과 함께 발맞춰 나가고 싶은 아내이고, 아이들과 함께 놀고 싶은 엄마이며, 힘들면 어리광부리고 싶은 사람이었다.**

혼자 할 수 있다는 오만을 버리자 함께할 이웃을 만났고, 나의 나약함을 인정하자 더는 나와 남을 탓하지 않았다. 입을 닫았던 남편이 먼저 말을 걸어왔고, 애써 웃음 짓던 아이들은 해맑게 웃었다. 노력하는 아내이기보다 편안한 아내를 원했고, 좋은 엄마이기보다 행복한 엄마를 원했던 것이다. 그래서 **선택했다. 이기적이기로….**

나를 챙기기보다 아이만 위하는 이들이 내 옆에는 여전히 많이 있다. 그런 마음이 대단해 보이고 존경할 만한 일이라는 것에는 변함이 없다. 그러나 그렇게 지내는 것이 힘에 부친다면, 이제 그만하고 싶다면, 이기적인 시간을 가져 보기를 권한다.

나를 챙기고 살피는 데에는 많은 시간과 큰 공간이 필요한 것이 아니다. 42센티미터 한자리면 충분했고, 몇 차례의 들숨과 날숨으로 숨통이 트였다. 부디, 이기적인 시간을 두려워하지 말고 즐길 수 있기를 바란다.

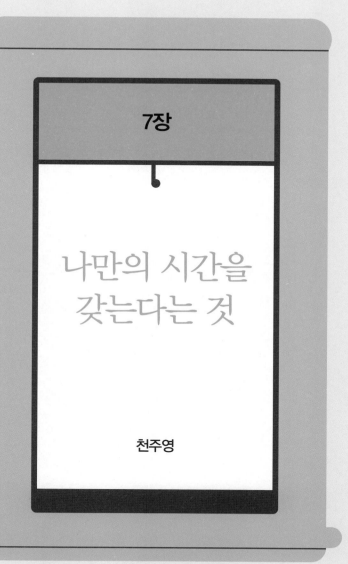

7장

나만의 시간을
갖는다는 것

천주영

1

내 품에 오래 끼고 있는 게
좋은 줄 알았다

아기를 재워놓고 방에서 조용히 밥을 먹고 있었다. 갑자기 입 안에서 이상한 느낌이 들었다. '딱딱한 게 씹힐 게 없는데, 이게 뭐지?' 앗. 크라운이 빠졌다. 며칠 전부터 뭔가 살짝 덜렁거리는 느낌이 있긴 있었는데, 그게 크라운이 빠지는 전조증상이었다니. 세상에. 너무 당황스러웠다.

'어떻게 하면 좋지?'

치과에 갈 생각하니 벌써 무섭다. 치과라는 곳은 원래 생각만 해도 무서운 장소 아닌가. 코끝에 스치는 치과 특유의 냄새에 벌써 소름이 돋는다. 바짝 긴장한 상태에서 문득 우리 아이가 떠올랐다.

아이랑 병원에 갈 수 없다. 다른 병원은 다 아이랑 가도, 치과는 도저히 안 된다. 치과 치료하는 동안 내 시야에 아이가 안 들어온다. 아이의 상태를 내가 확인할 수도 없다는 건 상상만 해도 불안하다. 주말에 남편에게 아이를 맡기고 토요일에 문을 여는 치과를 찾아보면 되지 않겠냐고 하겠지만, 남편은 토요일에도 출근하는 일을 한다. 아이는 오롯이 내 몫이다. '당장 불편하고 아픈 이보다 아이를 맡기는 일이 더 큰 일이라니…' 서글픈 마음이 불쑥 올라온다. '어떻게 하면 좋을까? 아기를 어디에 맡길 수 있지?' 열심히 검색을 하는데 남편이 '시간제 보육 어린이집'이라는 게 있다고 알려줬다. 한두 시간 정도 아이를 맡길 수 있으니 그 시간에, 치과에 다녀오면 좋겠다. 국가에서 하는 기관이라 비교적 믿을 만하지 않을까? 당장 내 상황이 급하니 자그마한 의심의 불꽃은 꺼버린다.

마침 집에서 그리 멀지 않은 곳에 시간제 보육 어린이집이 있었다. 걸어서도 충분히 갈 수 있는 위치다. 〈아이사랑〉 앱을 다운로드 하고 해당 어린이집에 2시간 예약을 했다. 그 정도 시간이면 치과 진료를 보고 여유있게 아이를 데리러 갈 수 있을 것 같았다. 그럼에도 걱정은 사라지지 않았다. 엄마 없이 낯선 사람, 낯선 공간에 있는 건 처음인데 과연 아이가 잘 있다가 올지 걱정이 됐다. 아마 나뿐만이 아니라 어린이집에 처음 보내는 모든 엄마의 공통된 심정이겠지? 불안한 마음에 나의 체취가 가득 묻은 잠옷까지 넣어서 보냈다. (유난이라 해도 어쩔 수 없다. 나는 정말 엄마가 되었다.)

'우리 아이, 울고 있으면 어떡하지. 엄마가 미안해, 미안해.' 치과 치료
가 끝나자마자 종종걸음으로 어린이집을 향했다. '세상에 괜한 기우였구
나.' 아이는 내 생각과 달리 선생님과 잘 놀고 있었다. 생각과는 다른 상
황에 나도 모르게 웃음이 새어 나왔다. 정말 다행이다. 어쩌면 매일 집에
서 반복되는 일상을 보내는 엄마와 있는 것보다 조금 낯선 환경에서 다
른 자극을 느끼는 일이 아이에게 새로운 좋았을 수 있겠다. 뭐든 처음이
라 서툰 엄마보다, 전문가인 선생님의 능숙함이 아이에게 편안했을지도
모르고. 내 마음이 편안해져서 그런지 모르겠지만 아이를 맡길 때는 보
이지 않았던 어린이집 선생님의 표정이 눈에 들어왔다. 아기의 할머니뻘
되시는 선생님은 밝고 선한 얼굴, 푸근한 인상이었다.

한시름 놓았다. 발치를 해야 해서 여러 번 치과 치료가 필요한 상황이
라 갈 때마다 아이를 어린이집에 맡겼고, 아이는 그때마다 굉장히 즐거
워 보였다. 심지어 등원 준비하는 동안에도 아이는 기분이 좋은지 폴짝
폴짝 뛰기도 했다. '어린이집 가는 게 신나는 거지?' 이제야 마음의 죄책
감이 조금 사라지는 듯하다. 사실 나는 아이와 집에 있을 때 장난감 몇
개 쥐여 주고 혼자 놀게 하거나, 아이가 보챌 때나 잠깐 놀아줬었다. 아
이를 돌보는 일 말고도, 이유식 만들고 집 정리하고 할 일이 많다. 그래

서 대체로 아이와 한 공간에만 있을 뿐 깊게 교감하는 시간은 수유 전후, 아주 잠깐뿐이다. 아이와 늘 함께 있으면서도 내가 정말 잘하는 걸까? 싶은 불안은 오히려 아이가 어린이집에 가면서 조금 해소되었다. 어린이집에서는 아기와 1 대 1로, 그리고 다양한 놀이로 채워주니 오히려 다행이다. 잠이 많은 아기가 어린이집에 가면 뭐가 그리 재밌는지 잠도 잘 안잔다고 한다. 선생님이 활동사진을 보내줄 때마다 안심이 된다. 사진마다 아기는 활짝 웃고 있다. 아기의 표정은 속일 수 없으니까, 마음이 놓인다.

역시 모든 일은 직접 경험해 봐야 하는구나. 아기에 관해서도 마찬가지구나. 내 품에 오래 끼고 있는 게 마냥 좋은 줄 알았는데, 그게 정답은 아닐지도 모르겠다.

$$2$$

좋은 엄마가 되고 싶었다

좋은 엄마가 되기 위한 첫 번째 조건은 무엇일까? 바로 체력이다. 아기를 잘 키우려면 힘이 필요하다. 나는 원래도 체력이 부족한 사람이라 늘 쉽게 지치곤 했다. 그런 저질 체력으로 한 생명체를 기르려니 괜찮다가도 툭하면 몸이 아파온다. 이제라도 건강관리를 해야겠다는 생각이 들었다. 체력 관리에서 가장 중요한 3가지는 운동, 수면, 식단이라고 한다. 여태까지는 아이 돌보느라 내 식사는 대충 허기만 달랬지만 지금부터라도 건강한 음식으로 든든히 챙겨 먹기로 한다. 수면은 조금 부지런 떨어서 할 일을 빨리 끝낸 후 일찍 자려고 노력해 본다. 정 피곤하면 급한 집안일만 하고 아이가 잠들었을 때 같이 잠을 청하면 된다. 하지만 운동, 이 운동만큼은 뾰족한 수가 떠오르지 않는다. 따로 시간을 내는 것도, 만만치 않은 비용도 전부 부담스럽다. 역시 아이가 조금 더 클 때까지는 어쩔 수 없는 걸까?

어느 날 유모차를 밀며 걷다가 현수막 하나가 눈에 띄었다. 동사무소 주민자치센터 회원을 모집한다는 내용이었다. 여러 가지 수업이 있었는데 그중에서도 요가가 괜찮아 보였다. 오래전부터 막연하게 요가를 배우는 것이 로망이기도 했다. 주민센터 수업은 가격이 저렴해서 충분히 해볼 수 있는 데다, 체력을 관리하는 데 도움이 될 것 같았다. 치과를 다니면서 이용하기 시작한 시간제 보육 어린이집 선생님께 가볍게 물어봤다.

"제가 운동을 좀 해보고 싶어요. 아이를 어린이집에 정식으로 보내는 게 좋을까요?"

선생님은 내 불안을 이미 눈치 채셨는지, 시간제 보육으로 매일 보내도 괜찮다는 대답을 주셨다. 한 달에 80시간은 정부지원금으로 시간당 천 원에 이용이 가능하니, 하루에 4시간 정도 나도 아이도 서로의 시간을 보낼 수 있지 않을까?

처음이 어려웠지, 이미 선생님과 신뢰가 쌓인 후라 결정이 쉬웠다. 시간제 보육으로 아이를 매일 보내기로 하고 주민센터에 가서 요가 신청을 했다. 주 3회, 3달에 6만 원이면 꽤 합리적인 가격 아닌가. 주민센터에서 하는 요가는 동작을 세세하게 봐주지 않아서 별로라고 하는 사람도 있지만, 나는 운동을 한다는 자체로 감사했다. 나를 위한 시간이 생겼다는 것만으로 충분했다. 너를 위함이라는 명분도 있는 시간이니 더없이 좋았다.

요가 수업하는 첫날. 정식으로 배우는 운동은 처음이라 선생님의 동작을 따라가기 바빴다. 허둥대다가 동작을 늦게 시작하기도 하고, 유연성이 부족해서 혼자 멋쩍은 미소를 짓기도 했다. 힘들었다. 그렇지만 요가 한다는 그 자체로 입가에 살짝 미소 지어졌다. 어느덧 한 시간이 훌쩍 흘렀다. 사바사나. 모든 동작이 끝나고 편하게 누워서 심호흡하는 순간이다. 사바사나 동작을 하며 잠시 휴식을 취하던 중, 내 속에서 알 수 없는 감정이 올라왔다. 왜일까? 오랫동안 꿈꿔왔던 요가 수업을 들어서 그런 것일까? 혼자 카페도 가고, 혼자 산책도 했지만, 그 시간과 요가는 많이 다른 느낌이었다. 사바사나가 조금만 더 길었으면 나는 울었을지도 모르겠다.

그날을 시작으로 나는 아기를 매일 어린이집에 보냈다. 아이사랑 앱으로 맡길 시간을 예약했다. 평일 5일 중 3일은 요가를 가고, 나머지 2일은 집안일도 하고 밀린 잠도 잤다. 남편과 같이 볼일을 보기도 했다. 친구를 만나기도 하고 도서관에 가기도 했다. 단 4~5시간이라도 아기와 잠시 떨어져 나를 위해 보내는 시간이 좋다. 물론 여전히 돌도 안 지난 아기를 매일 어린이집에 보낸다는 죄책감이 드는 날도 있다. 세 돌까지 집에서 끼고 있는 다른 엄마와 나를 비교하며 자책할 때도 있다. '고작 운동하겠다고 아기를 어린이집에 보내는 나 괜찮은 거야?' 스스로 비하할 때도 있다.

나는 좋은 엄마가 되고 싶었다. 모든 걸 다 감당하는 엄마가 되고 싶었다. 그런데 사실, 혼자 아기 보는 게 힘들었다. 지쳤다. 아기랑 같이 있다는 이유로 평소 하고 싶은 것들을 전부 포기하는 시간이 괴로웠다. 그 시간을 원망하지 않았다면 그건 거짓말이다. 그래서 이제부터라도 내 시간을 찾기 위한 노력을 시작했다. 아기를 어린이집에 보내는 시간을 덜 자책하기로 했다. 덕분에 여유가 생겨서 운동도 하고, 이렇게 글도 쓰고 있다. 나를 위한 시간이 주는 에너지로 내 아이에게 더 건강하고 밝은 엄마의 모습을 보여줄 수 있다. 좀 더 멋진 엄마가 될 수 있다는 확신이 생겼다.

나의 한계로 너를 가두지 않겠다

매일 선생님이 아이의 활동사진을 찍어서 카톡으로 보내주신다. 여전히 아이가 잘 놀고 있는 것 같아서 마음이 놓인다. 사진 속의 아이는 늘 웃고 있다. 보내주시는 여러 장의 사진 중에 유독 한 두 장은 환한 미소가 보인다. 아이의 밝은 표정을 보며 나도 같이 환하게 웃는다. 처음에는 어쩔 수 없는 사정으로 아이를 맡겼지만, 이제는 나만의 시간을 갖기 위해 아이를 어린이집에 보낸다. 나는 일하는 엄마도 아니고 집에서 살림하는 엄마다. 직장에 안 다니는 엄마 중에 나처럼 이렇게 이기적으로 구는 사람이 있을까, 싶을 정도다. 이런 나의 마음을 달래주는 건 선생님이 보내주시는 사진이다. 웬만한 알림은 다 꺼놨지만, 어린이집 선생님의 알림만은 켜 놨다. 소중한 우리 아이의 소식은 즉각 확인하고 싶으니까.

선생님의 메시지에 깜짝 놀란 날이 있다. 하원 시간이 다 되어서 집을 나서려던 참이었다. 현관에서 신발을 신는데 새 메시지를 알리는 진동이 울렸다. 선생님이 보내주신 사진을 보니 여러 아이가 책상에 옹기종기 모여 앉아 있었다. 우리 아이도 의자에 앉아서 색연필을 잡고 종이에 뭔가를 끼적이고 있었다. '아직 돌도 안 됐는데 색연필을 잡고 그림을 그린다고?' 첫 아이라 그런지 뭐든 기특하고 신기한 마음이라, 잠시 몸에 소름이 돋기도 했다. 물론 아직 어려서 선생님의 도움을 많이 받았을 테지만, 그래도 시도를 해 봤다는 게 대단하지 않나. 한참 아이 사진을 바라보다가 서둘러 아이를 데리러 갔다.

과연 나라면 아이와 함께 색연필 놀이를 할 생각이나 했을까? '아직 돌도 안 됐는데 무슨 색연필이야.' 하며 내 기준으로 아이를 판단했을 게 뻔하다. 아이의 발달 단계에 맞지 않는 놀이는 해 볼 엄두도 못 내 봤을 것 같다. 아이를 과소평가하며 바닥 놀이만 했을지도 모른다. 아이와 함께 엎드려서 장난감을 가지고 놀거나, 내 무릎에 앉혀서 책을 읽어주거나. 그러다 아이가 지루해하면 몸으로 아이를 웃겨주기도 할 것이다. 아무래도 처음 아이를 키우다 보니, 육아 책에 적힌 몇 가지 정도가 내가 할 수 있는 전부였을 테다. 매일 집에서 아이만 바라보고 있다 보니 남들 다 아는 육아 정보조차 모르는 경우가 태반인데, 새로운 시도를 해보았을 리 만무하다. 그렇게 생각하니 시간제 보육이라도 어린이집에 보내기를 참

잘했다 싶다. 아이는 어린이집에서 촉감놀이, 바깥 놀이, 볼풀 공놀이 등 다채로운 놀이를 한다. 굳이 시간과 돈을 들여 문화센터에 안 가도 되니 일석이조다.

　엄마가 되기 전엔 몰랐다. 엄마가 되는 일은 한 번도 들은 적도, 배운 적도 없다. 옆에서 누가 조금이라도 알려주면 열심히 따라서라도 하겠는데, 이건 마치 허허벌판에 아이와 나 둘만 던져놓은 느낌이었다. 모든 순간이 어렵고 두렵다. 몰라서 그렇다. 그래서 나는 아이를 자꾸 과잉보호하게 되고, 내 생각대로 판단하게 된다. 그런 나에게 어린이집 선생님은 '엄마 생각보다 아이는 훨씬 많은 가능성을 가지고 있어요.'라고 얘기해주는 것 같았다. 나의 한계로 아이를 가두지 않도록, 제한하지 않도록 선생님들에게 가르침을 받는 것 같았다. 아이도 물론 그곳에서 즐겁게 지내지만, 어린 엄마도 그로 인해 성장하고 있음을 보내기 전엔 절대 몰랐겠지. 여전히 돌밖에 되지 않은 아이를 맡기는 것이 때때로 나에게 죄책감을 주지만, 이제 조금 당당해지고 싶다. 덕분에 기댈 곳 하나 없이 막막하기만 한 나에게 좋은 어른이 생겼다고, 내가 미처 신경 쓰지 못하는 부분까지 챙겨주는 감사한 어른이 생겼다고.

　요즘은 그저 매일 감사하다. 우리 아이가 다양한 놀이를 하며 즐거워서, 내가 나를 위해 조금의 시간을 선물할 수 있어서. 내일도 감사하는 마음으로 등원 길을 나서야겠다.

엄마의 이기적인 7시간

아이를 맡기고 나면 보통 도서관에 간다. 에코 백에 책과 지갑을 챙겨 가볍게 나간다. 평소 읽고 싶었던 책을 예약하고, 종합자료실로 간다. 모두 조용히 책을 읽는 공간에 11개월 아이와 함께 가는 건 여간 눈치 보이는 일이라, 혼자인 시간을 이용한다. 급격하게 컨디션이 떨어지는 게 느껴지는 날은 혼자만의 시간을 알차게 쓰고 싶은 마음을 잠시 넣어두고 집에서 쉰다. 체력이 바닥난 아기 엄마가 충분히 쉴 수 있다는 것이 얼마나 감사한 일인지. 아이를 어린이집에 맡기고 집에 오자마자 따끈한 물로 씻고, 2시간 정도 달콤한 낮잠을 잔다. 새우잠이 아니라 혼자 편히 누워 자는 잠이라 피로도 쉽게 풀린다. 이 시간에 요가도 하고, 독서 모임도 한다. 밀린 집안일을 하기도 한다. 지금처럼 이렇게 글도 쓸 수 있다.

그리 길지 않은 시간이지만 나는 아주 다양한 일을 해내고 있다.

정원 초과로 시간제 보육 예약을 할 수가 없는 날은 낭패였다. 이 어린이집이 시간제 보육을 시작한 지 얼마 되지 않아 그동안 쉽게 예약했는데, 주변 엄마들에게 소문이 많이 났는지 예약하기 힘든 날이 늘어났다. 한번 나를 위한 달콤한 시간을 맛보고 나니 이 시간을 포기하는 게 쉽지 않았다. '이참에 정식 입소를 해볼까?' 여전히 다른 사람들의 시선이 신경 쓰이지만 내가 행복하고 아이가 행복한 육아를 하고 싶었다. 일단 우리 가족의 행복을 우선으로 두고 고민해 보기로 했다. 무엇보다 아이가 어린이집에 가는 게 좋아서 입구에만 가도 좋다고 난리를 치니 이 정도면 안심하고 보낼 만하지 않을까? 흉흉한 소문에 불안할 때도 있지만 아이는 온몸으로 나에게 믿어도 좋다는 신호를 보내고 있었다.

드디어 마음의 결정을 내렸다. 남편과 같이 갈 수 있는 날을 골라서, 가족이 다 함께 어린이집으로 갔다. 도착해서 인사드리니 아이는 바로 선생님 품으로 향했다. 익숙한 곳이라 큰 거부 반응이 없다. 아이는 평소처럼 어린이집에서 놀고, 남편과 나는 상담을 받았다. 시간제 보육 맡길 때는 내가 유아차(유모차)를 끌고 직접 이동했는데, 입소하면 오전 9시부터 오후 4시까지 활동 후 차량 등·하원이 가능하다고 했다. 나는 너무 좋아서 그 자리에서 어깨춤을 출 뻔했다.

'세상에! 내 시간이 이렇게 많이 생긴다고?'

사람의 욕심이 정말 끝도 없다 싶은 것이, 처음엔 요가만 해도 좋았던 몇 시간이 이젠 뭔가를 하기에 애매한 시간이 되어 있었다. 밥도 먹어야 하고, 집안일도 하면서 이것저것 하고 싶은 것도 많으니 5시간은 애매하게 짧은 시간이었다. '평일 7시간이 온전한 내 것이라니. 누구에게도 방해받지 않는 나만의 시간이라니. 나, 뭘 할 수 있지? 뭘 하면 좋지?' 죄책감이 무색하게 마음이 설레었다.

누군가는 이런 나를 이기적이라고 손가락질할지도 모르겠다. 그 어린 아이 어린이집에 보내놓고 룰루랄라 할 수 있냐고 혀를 찰지도 모르겠다. 고작 몇 년, 아이를 위해 희생하지 못하냐고 고개를 절레절레 저을지도 모르겠다. 다른 사람의 시선은 말할 것도 없이 나 또한 스스로 계속 그런 비난을 하고 있었는지도 모르겠다.

『엄마의 이기적인 시간』을 쓰는 내내 나는 내가 아이를 어린이집에 보낼 수밖에 없는 이유에 대해 계속 변명하고 있었다. '어쩔 수 없는 상황이었어요.', '아이가 얼마나 행복해하는데요.', '선생님들이 저보다 더 낫다니까요?', '여기서는 다양한 활동도 하니 아이에게 더 좋을 거예요.' 꼭지마다 구구절절 누군가에게 설명하고 있었다.

이제 그런 변명은 그만하고 싶다. 다른 사람 눈치 보는 일도 그만하고 싶다. 나는 이기적인 7시간 덕에 더 좋은 엄마가 될 거다. 좋은 엄마가 뭔지 모르겠지만, 아이와 더 교감하고 소통하는 엄마가 될 거다. 피곤함에 찌들어서 무표정한 얼굴로 아이를 바라보기보다, 생기 넘치는 얼굴로 아이와 마주하는 엄마가 될 거다. 그러려고 나는 그렇게 내 시간을 사수하기 위한 노력을 하고 있다. 내 사랑하는 아이에게 가장 행복한 시간을 선물하고 싶어서.

에필로그 _

드디어 작가가 되었다.

책이 세상에 나올 수 있도록 도와준 분께 고맙고 특히, 함께 책을 쓴 6명의 이기적인 엄마들이 고맙다. 미루고만 있었던 나의 꿈을 꽃 피울 수 있게 도와준 김선이 작가님, 곽진영 작가님, 석경아 작가님, 강민정 작가님에게 살면서 은혜를 갚고 싶다. 그녀들에게 갚을 것이지만 나 역시 다른 이들을 꿈을 이룰 수 있도록 도우며 갚고 싶다.

이기적인 엄마라는 단어를 처음 들었을 때 마음속에 불편한 감정이 드는 것은 어떻게 보면 당연한 것이다. 희생의 아이콘은 엄마가 이기적이라니 정말 세상 말세라 생각할 수 있을 것이다. 하지만 천천히 이 책을 읽어보면 전혀 이기적이지 않음을 알 것이다.

좋은 엄마가 되고 싶어서, 좋은 아내가 되고 싶어서, 좋은 사람이 되고 싶어서 한없이 자기를 내어주다 자기가 없어져 버릴지도 모른다는 생각에, 이기적으로 조금씩 자기의 숨 쉴 공간, 숨 쉴 시간, 숨 쉴 여유를 찾는 엄마들의 이야기이다.

나 역시 글을 쓰면서 나의 이기적인 시간을 확보하기 위해 노력했고, 나의 공간을 지키기 위해, 나의 존재를 지키기 위해 하루하루 살아가고 있다. 내가 올바로 설 때 우리 가족이 올바로 설 수 있었다. 내가 제대로 존재할 때 다른 가족들도 제대로 존재할 수 있었다.

열 달이란 시간 배 속에서 생명을 품었던 엄마들, 배 아파서 혹은 가슴 아파서 엄마가 된 사람들이 이기적이라 이야기하지만, 전혀 이기적이지 않은 이야기가 지금부터 시작된다. 이 글을 읽고 난 후 이기적인 엄마들이 더 많아졌으면 좋겠다. 내가 쓴 선량한 이기심이란 단어에 고개가 끄덕여질 수 있다면 더는 바랄 것이 없겠다.

장새라

엄마가 된 내 모습은 내가 상상하던 온화하고 따뜻한 동화 속 이미지의 엄마가 아니었다. 상상조차 하지 못한 몰골로 시도 때도 없이 우는 아이와 매일 전쟁을 치러야 했다. 한 치 앞도 알 수 없는 것이 인생이라지만, 엄마의 인생은 정말로 버라이어티 그 이상이었다. 아이들이 주는 행복은 이루 말할 수 없이 컸지만, 때론 도망치고 싶을 만큼 괴로운 날도 많았다.

도망치고 싶은 마음이 들 때면, 그 마음이 든 나 자신이 너무나 미워서 견딜 수가 없었다. 그럼에도 난 매일 도망칠 구멍을 만들었다. 새벽에 일어나 책을 읽고, 누구에게도 보여주지 못할 몹쓸 글을 쓰기도 했다. 홀로 커피를 마시러 가거나 해보고 싶은 일에 과감히 도전하며 '엄마'라는 이름에서 슬며시 도망치곤 했다. 하루에 단 10분이라도 온전히 '나'로 누릴 수 있는 시간이 간절히 필요했다. 그 시간을 통해 나를 알아갔다. 아이를 낳지 않았다면 몰랐을 내 모습과 마주하며 내가 원하는 것이 무엇인지 끊임없이 묻고 답했다.

지금의 내 모습을 그대로 인정하고 토닥여주는 시간, 이기적인 엄마의 시간이 없었다면 아마 나는 나를 무척 미워했을 것이다. 마음껏 이기적인 시간을 보내며 나를 알아가기를, 그리고 나를 사랑하기를 바란다.

황미영

아이를 기다리며 때때로 엄마의 삶을 그려 보곤 했다. 아장아장 걷는 아이와 엄마가 손을 잡고 지나가는 모습만 봐도 나도 모르게 '얼마나 좋을까.' 부러워하기도 했다. 아이를 안고 눈을 맞추고, 함께 노는 행복한 모습, 아이를 만나기 전, 내 상상 속에는 오직 빛나는 장면만이 존재했다. 그러니 그저 감사할 수밖엔. 기다리던 아이를 만났다는 사실 하나만으로도 기쁨에 겨웠다. 아이를 잘 키워내는 일이 얼마나 중요하고 멋진 일인지, 스스로 모성을 설득하며 비장한 사명감과 책임감으로 아이와의 순간에 집중하려 애를 썼다.

그러다 어느 순간부터 점점 힘에 부치는 날이 많아졌다. 그때야 비로소 알았다. 상상 속에는 존재하지 않았던 애처롭고 고단한 순간을, 먹고 자고 씻는 기본적인 일도 제때 할 수 없는 엄마의 시간을. 아이 둘이 아프기라도 하면 두 손이 모자라 발을 동동 구르며 애를 태웠고 우울함과 자기 연민으로 가라앉기 일쑤였다. 왜 아무도 말해주지 않은 걸까, 엄마의 삶을 낱낱이 이야기해 주었다면 마음의 준비라도 했을 텐데. 왜 엄마의 일은 늘 '힘들지만 보람 있고 숭고한 일'이라고 한 문장으로 퉁 치고 포장했는지 원망스러웠다.

그동안 수없이 주저앉고 그 속에서 하나 배우기를 반복했다. 무너지는 순간에도 하나를 배웠다면 이건 남는 장사다. 그중에서도 가장 큰 배움은 어떤 순간에도 내가 나이기를 포기하면 안 된다는 것이다. 먹고 싶은 것, 좋아하는 일, 잠깐의 휴식과 편안한 공간, … 그것을 찾고 쟁취하는 일은 누가 대신해 주는 것이 아니라 스스로 해야 한다. 힘들면 힘들다고, 아프면 아프다고 표현해야 최소한 도움이라도 바랄 수 있다는 것을 깨달았다. 솔직히 내 마음을 표현하기 시작했더니 신기하게도 많은 것이 가능해졌다. 아이와의 시간에 몰입하고 내 시간에는 오직 나에게 집중하는 엄마가 되었다.

세상의 모든 엄마가 행복했으면 좋겠다. 그것은 엄마 혼자만의 일이 아니다. 궁극의 이기주의는 이타주의와 통하니까, 내가 채워져야만 누군가를 도울 수 있으니까. 작지만 나만의 시간을 보낼 수 있는 공간, 차 한 잔, 마음을 위로하는 그림책과 노래 한 곡, 소박하지만 오직 나를 위한 시간을 찾을 수 있다면 좋겠다. 그 순간이 하루를 살게 하니까. 이기적인 나를 '엄마'라는 이름으로 살아갈 수 있게 해 준 나의 세 남자, 가을씨와 겨울씨, 남편 봄씨에게 감사를 전한다. 앞으로도 내 시간, 잘 부탁해요. 사랑합니다.

김태리

출산 후 세상에서 가장 소중한 아이를 잘 보살피는 게 내 인생의 목표가 되어버렸다. 그래서 매 순간 아이에게 최선을 다했다. 그런데 그것이 나에게 점점 버거운 삶이 되었다. 어느 날은 더이상 견디다 못해 폭발해버린 내가 있었다. 이런 내가 싫었고 나에게 많은 실망을 했다. 어디서부터 잘못된 건지 알 수 없었다. 나는 늘 최선을 다했는데…

주변에서는 온통 아이와 떨어져 주말에 하루 정도는 나만의 시간을 가져보라고 했다. 하지만 그럴 수 있는 여건도 안 될뿐더러 내 마음은 한시도 아이 곁을 떠날 수가 없었다. 그래서 거창한 무언가가 아니라 하루 10분이라도 할 수 있는 소소한 나만의 시간을 보내며 육아와 내 삶을 다시 바로 잡기를 했다.

이 책에는 운동, 독서, 요리, 꿈이라는 주제로 엄마가 된 내가 더 나은 삶을 살기 위해 고군분투하며 경험한 사건들을 소개하고 그로써 변화된 내 모습과 생각을 적었다.

처음으로 엄마가 된 분들, 워킹맘으로 빡빡한 나날을 지내는 분들, 내 모든 삶이 아이 위주로 돌아가서 나라는 사람이 사라진 경험을 하신 분들. 내가 그러했듯이 처음 경험하는 낯선 세상을 나보다 조금 편하게 지나가시길 바란다.

엄마에게도 이기적인 시간이 필요하다. 아주 작은 자투리 시간일지라도 나만을 위한 시간을 꼭 가져보길 바란다. 그리고 그것이 엄마만을 위해서가 아니었음을 알려주고 싶다.

이선주

'엄마'라는 이름표를 달고 "나는 어떻게 존재 하고 있는가?" 라는 질문에 어떤 답을 할 수 있는가?

인생에 정답은 없다지만 현재의 삶의 모습은 내가 그리던 그림이 아님을 깨닫고 흔들렸다. 정서시차를 견디지 못 했다. 온전한 나의 모습, 나를 찾아 걷는 길이 험난했지만, 전혀 예상하지 못한 기쁨과 깨달음이 있었으니 이기적인 엄마의 시간을 통해 '우리는' 분명 성장하였다.

영혼의 릴렉스! 쉼표의 시간은 누구에게나 필요하다. 그 시간을 두고 이기적이라 할지라도.

'할까 말까' 망설임이 나를 가로 막고 있는가? 마음의 신호를 따라 가능한 할 수 있는 모든 것을 해 보자. 억압해 오던 여러 감정들 앞에서 나를 찬찬히 바라보자.

평생 습이 되어버린 '괜찮은 척' 병을 없애기가 어려웠다. 엄마의 이기적인 시간, 그 인고의 시간을 통해 흔들려도 괜찮다는 것을 배운다.

여전히 흔들리고 있는 오늘, 나의 애씀을 내가 다정히 안아주면 스르륵 안도감이 든다.

여러 사람들 사이에서 혼란스레 마구 뒤섞인 채 내 마음을 챙기지 못한 적도 많았지만, 상처받고 흔들리더라도 뿌리 뽑히지 않을 용기가 점점 자라난다.

오늘, 새로운 꿈을 꾸기 딱 좋은 시간이다.

남들의 선택지를 쫓아 가는 삶이 아닌 내 삶의 주도권을 갖고 쉼과 마음의 신호를 알아차리며 많은 엄마들이 꿈을 향해 걸어가길 바란다. '나'를 찾으며 살아 내는 지금 이 시간, 행복이 스물스물 스며든다.

참 좋다.

내가 선택한 길! 그 길 위에서 흔들리더라도 지쳐 쓰러지지 않도록 살뜰히 '마음챙김'하며 찬찬히 걸어가자.

김효선

착하다는 말이 마음에 들었다. 아이를 낳고는 착하고 좋은 엄마가 되고 싶었다. 그렇게 살라고, 그렇게 살아야 한다고 직접적으로 강요하는 이는 없었지만 그렇게 살아야 할 것만 같았다. 하지만 내 시선이 닿을수록 아이는 아파했다. 사랑이 가시가 되어 작디작은 아이를 무참히 찌르고 있었다.

아이에게만 쏟았던 관심을 나에게로 돌렸다. 처음에는 나 역시 아팠다. 잘하는 것이 없는 나를 비난했고, 꾸준하지 못한 나를 싫어했다. 하지만, 멈추지 않았고 이기적인 시간을 보냈다. 2년이 지난 지금의 나는 그때와 크게 다르지 않다. 눈에 띄게 잘하는 것이 없고, 하다 말기를 무한 반복 중이다. 그래서 '이런 내가 싫냐고?' '아니, 이제 나는 내가 좋다.'

힘들면 도와달라고 말할 수 있고, 부족하면 함께하자고 말할 수 있는 나라서 좋다. 엄마의 행복을 누구보다 바라는 아이의 눈빛을 보았고, 나보다 더 나를 사랑하는 아이의 손길을 느꼈다. 나의 행복이 아이의 바람이라면, 좋은 엄마이기를 포기하겠다.

착한 사람이 되기 위해 부단히 노력하는 이가 있다면
좋은 엄마가 되기 위해 하루하루 보내고 있다면

그로 인해 지쳐가고 있다면

내가 좋아하는 것을 먹고, 내가 좋아하는 것을 하고
나에게 친절한 '이기적인 시간'을 보내어 보기를 바란다.

천주영

아이를 낳기 전부터 나는, 아이를 만 3세까지는 가정보육하면서 지낼 거라 생각했다. 나는 할 수 있을 줄 알았다. 하지만 아이 키우는 것은 그리 쉽지가 않았다. 주변에 맡길 사람도 없고, 체력도 없었다. 아이랑 하루 종일 같이 있는 게 사실 조금 힘이 들었다.

부득이한 상황으로 맡긴 어린이집. 그걸 시작으로 아이는 어린이집에 다니게 되었다. 너무 일찍 맡긴다는 죄책감은 어쩔 수가 없다. 그래도 나는 아이가 어린이집에 가 있는 동안 이렇게 글을 쓸 수 있다.

사람들은 만 3세까지는 아이를 끼고 있으라고, 애착 형성이 중요하다고들 말한다. 꼭 아이와 붙어 있어야 애착 형성이 잘 되는 것일까? 꼭 직장에 다녀야만 아이를 어린이집에 맡기는 것일까? 그렇지 않다는 걸 나의 사례를 통해 알려주고 싶다.

이른 월령에 아이를 어린이집에 맡기는 전업 주부, 그리고 이 시기를 거쳐 온 모든 엄마에게 이 글을 바친다.